TRZY DŁUŻSZE HISTORIE

三个较长的故事

Sławomir Mrożek

[波兰] 斯瓦沃米尔·姆罗热克 / 著

茅银辉　林歆　张慧玲 / 译

南方出版传媒
花城出版社
中国·广州

图书在版编目（ＣＩＰ）数据

三个较长的故事／（波）斯瓦沃米尔·姆罗热克著；
茅银辉，林歆，张慧玲译．－－广州：花城出版社，
2019.5
（蓝色东欧／高兴主编．第6辑）
ISBN 978-7-5360-8908-2

Ⅰ．①三… Ⅱ．①斯… ②茅… ③林… ④张… Ⅲ．
①中篇小说－小说集－波兰－现代 Ⅳ．①I513.45

中国版本图书馆CIP数据核字(2019)第091596号

合同版权登记号：图字 19－2016－211 号

TRZY DŁUŻSZE HISTORIE by Sławomir Mrożek
Copyright © 1992 by Diogenes Verlag AG Zürich
All rights reserved

出 版 人：	肖延兵
丛书策划：	朱燕玲　孙虹
出版统筹：	李倩倩　夏显夫　欧阳佳子
责任编辑：	杜小烨
技术编辑：	薛伟民　凌春梅
封面供图：	子夏
封面设计：	棱角视觉 ANGULAR VISION

书　　名	三个较长的故事　SANGE JIAOCHANG DE GUSHI	
出版发行	花城出版社 （广州市环市东路水荫路11号）	
经　　销	全国新华书店	
印　　刷	恒美印务（广州）有限公司 （广州南沙经济技术开发区环市大道南路334号）	
开　　本	880毫米×1230毫米　32开	
印　　张	7.75　2插页	
字　　数	210,000字	
版　　次	2019年5月第1版　2019年5月第1次印刷	
定　　价	45.00元	

本书中文专有出版权归花城出版社独家所有，非经本社同意不得连载、摘编或复制。
如发现印装质量问题，请直接与印刷厂联系调换。
购书热线：020－37604658　37602954
欢迎登陆花城出版社网站：http://www.fcph.com.cn

三个较长的故事

目 录
CONTENTS

记忆，阅读，另一种目光（总序）／高兴 ／ 1
荒诞悖论（中译本前言）／茅银辉 ／ 1

骡子手册 ／ 1
我亲爱的低等生物们 ／ 54
莫妮萨·克拉维尔
　　——爱情故事 ／ 138

记忆，阅读，另一种目光

（总序）

高兴

昆德拉说过："人的一生注定扎根于前十年中。"我想稍稍修改一下他的说法："人的一生注定扎根于童年和少年中。"童年和少年确定内心的基调，影响一生的基本走向。

不得不承认，二十世纪五六十年代出生的人都有着不同程度的俄罗斯情结和东欧情结。这与我们的成长有关，与我们的童年、少年和青春岁月有关。而那段岁月中，电影，尤其是露天电影又有着怎样重要的影响。那时，少有的几部外国电影便是最最好看的电影，它们大多来自东欧国家，几乎吸引了所有人的目光，是我们童年的节日。在某种意义上，甚至可以说，它们还是我们的艺术启蒙和人生启蒙，构成童年最温馨、最美好和最结实的部分。

还有电影中的台词和暗号。你怎能忘记那些台词和暗号。它们已成为我们青春的经典。最最难忘的是《瓦尔特保卫萨拉热窝》。"'空气在颤抖,仿佛天空在燃烧。''是啊,暴风雨来了。'""看,这座城市,它就是瓦尔特。"简直就是诗歌。是我们接触到的最初的诗歌。那么悲壮有力的诗歌。真正有震撼力的诗歌。诗歌,就这样和英雄主义和浪漫主义,紧紧地连接在了一道。

还有那些柔情的诗歌。裴多菲,爱明内斯库,密茨凯维奇。要知道,在二十世纪七八十年代,读到他们的诗句,绝对会有触电般的感觉。而所有这一切,似乎就浓缩成了几粒种子,在内心深处生根,发芽,成长为东欧情结之树。

然而,时过境迁,我们需要重新打量"东欧"以及"东欧文学"这一概念。严格来说,"东欧"是个政治概念,也是个历史概念。过去,它主要指波兰、捷克斯洛伐克、匈牙利、罗马尼亚、保加利亚、南斯拉夫、阿尔巴尼亚七个国家。因此,在当时,"东欧文学"也就是指上述七个国家的文学。这七个国家,加上原先的东德,都曾经是以苏联为首的华沙条约组织的成员。

一九八九年底,东欧发生剧变。此后,苏联解体,华沙条约组织解散,捷克和斯洛伐克分离,南斯拉夫各共和国相继独立,所有这些都在不断改变着"东欧"这一概念。而实际情况是,波兰、捷克、匈牙利、罗马尼亚等国家甚至都不再愿意被称为东欧国家,它们更愿意被称为中欧或中南欧国家。同样,不少上述国家的作家也竭力抵制和否定这一概念。在他们看来,东欧是个高度政治化、笼统化的概念,对文学定位和评判,不太有利。这是一种微妙的姿态。在这种姿态中,民族自尊心也发挥着不可估量的作用。

但在中国,"东欧"和"东欧文学"这一概念早已深入人心,有广泛的群众和读者基础,有一定的号召力和亲和力。因此,继续使用"东欧"和"东欧文学"这一概念,我觉得无可厚非,有利于研究、译介和推广这些特定国家的文学作品。事实上,欧美一些大学、研究中心也还在继续使用这一概念。只不过，今日，当我们提到这一概念，涉及的就不仅仅是七个国家，而应该包含更多的国家：立陶宛、摩尔多瓦等独联体国家，还有波黑、克罗地亚、斯洛文尼亚、塞尔维亚、黑山等从南斯拉夫联盟独立出来的国家。我们之所以还能把它们作为一个整体来谈论，是因为它们有着太多的共同点：都是欧洲弱小国家，历史上都曾不断遭受侵略、瓜分、吞并和异族统治，都曾把民族复兴当作最高目标，都是到了十九世纪末二十世纪初才相继获得独立，或得到统一，第二次世界大战后都走过一段相同或相似的社会主义道路，一九八九年后又相继走上了资本主义发展道路。之后，又几乎都把加入北约、进入欧盟当作国家政策的重中之重。这二十年来，发展得都不太顺当，作家和文学都陷入不同程度的困境。用饱经风雨、饱经磨难来形容这些国家，十分恰当。

换一个角度，侵略，瓜分，异族统治，动荡，迁徙，这一切同时也意味着方方面面的影响和交融。甚至可以说，影响和交融，是东欧文化和文学的两个关键词。看一看布拉格吧。生长在布拉格的捷克著名小说家伊凡·克里玛，在谈到自己的城市时，有一种掩饰不住的骄傲："这是一个神秘的和令人兴奋的城市，有着数十年甚至几个世纪生活在一起的三种文化优异的和富有刺激性的混合，从而创造了一种激发人们创造的空气，即捷克、德国和犹太文化。"①

克里玛又借用被他称作"说德语的布拉格人"乌兹迪尔的笔为我们描绘了一个形象的、感性的、有声有色的布拉格。这是一个具有超民族性的神秘的世界。在这里，你很容易成为一个世界主义者。这里有幽静的小巷、热闹的夜总会、露天舞台、剧院和形形色色的小餐馆、小店铺、小咖啡屋和小酒店。还有无数学生社团和文艺沙龙。自然也有五花八门的妓院和赌场。布拉格是敞开的，是包容的，是休闲的，是艺术的，是世俗的，有时还是颓废的。

---

① 见伊凡·克里玛《布拉格精神》第44页，崔卫平译，作家出版社1998年版。

布拉格也是一个有着无数伤口的城市。战争、暴力、流亡、占领、起义、颠覆、出卖和解放充满了这个城市的历史。饱经磨难和沧桑，却依然存在，且魅力不减，用克里玛的话说，那是因为它非常结实，有罕见的从灾难中重新恢复的能力，有不屈不挠同时又灵活善变的精神。如果要用一个词来形容布拉格的话，克里玛觉得就是：悖谬。悖谬是布拉格的精神。

或许悖谬恰恰是艺术的福音，是艺术的全部深刻所在。要不然从这里怎会走出如此众多的杰出人物：德沃夏克，雅那切克，斯美塔那，哈谢克，卡夫卡，布洛德，里尔克，塞弗尔特，等等。这一大串的名字就足以让我们对这座中欧古城表示敬意。

布拉格如此，萨拉热窝、华沙、布加勒斯特、克拉科夫、布达佩斯等众多东欧城市，均如此。走进这些城市，你都会看到一道道影响和交融的影子。

在影响和交融中，确立并发出自己的声音，十分重要。不少东欧作家为此做出了开拓性和创造性的贡献。我们不妨将哈谢克和贡布罗维奇当作两个案例，稍加分析。

说到捷克作家哈谢克，我们会想起他的代表作《好兵帅克》。以往，谈论这部作品，人们往往仅仅停留于政治性评价。这不够全面，也容易流于庸俗。《好兵帅克》几乎没有什么中心情节，有的只是一堆零碎的琐事，有的只是帅克闹出的一个又一个乱子，有的只是幽默和讽刺。可以说，幽默和讽刺是哈谢克的基本语调。正是在幽默和讽刺中，战争变成了一个喜剧大舞台，帅克变成了一个喜剧大明星，一个典型的"反英雄"。看得出，哈谢克在写帅克的时候，并没有考虑什么文学的严肃性。很大程度上，他恰恰要打破文学的严肃性和神圣感。他就想让大家哈哈一笑。至于笑过之后的感悟，那就是读者自己的事情了。这种轻松的姿态反而让他彻底放开了。借用帅克这一人物，哈谢克把皇帝、奥匈帝国、密探、将军、走狗等等统统给骂了。他骂得很过瘾，很解气，很痛快。读者，尤其是捷克读者，读得也很过瘾，很解气，很痛快。幽默和讽刺于是又变成了一件有力的武器，特别适用于捷克这么一个弱小的民族。哈谢克最大的贡献也正在于此：为捷克民族和捷克文学找到了一种声音，确立了一种传统。

而波兰作家贡布罗维奇与哈谢克不同，恰恰是以反传统而引起世人瞩目的。他坚决主张让文学独立自主。在二十世纪三四十年代，贡布罗维奇的作品在波兰文坛显得格外怪异离谱，他的文字往往夸张扭曲，人物常常是漫画式的，他们随时都受到外界的侵扰和威胁，内心充满了不安和恐惧，像一群长不大的孩子。作家并不依靠完整的故事情节，而是主要通过人物荒诞怪僻的行为，表现社会的混乱、荒谬和丑恶，表现外部世界对人性的影响和摧残，表现人类的无奈和异化以及人际关系的异常和紧张。长篇小说《费尔迪杜凯》就充分体现出了他的艺术个性和创作特色。

捷克的赫拉巴尔、昆德拉、克里玛、霍朗，波兰的米沃什、赫贝特、希姆博尔斯卡，罗马尼亚的埃里亚德、索雷斯库、齐奥朗，匈牙利的凯尔泰斯、艾什特哈兹，塞尔维亚的帕维奇、波帕，阿尔巴尼亚的卡达莱……如此具有独特风格和魅力的当代东欧作家实在是不胜枚举。

某种程度上，东欧曾经高度政治化的现实，以及多灾多难的痛苦经历，恰好为文学和文学家提供了特别的土壤。没有捷克经历，昆德拉不可能成为现在的昆德拉，不可能写出《可笑的爱》《玩笑》《不朽》和《难以承受的存在之轻》这样独特的杰作。没有波兰经历，米沃什也不可能成为我们所熟悉的将道德感同诗意紧密融合的诗歌大师。但另一方面，需要注意的是，由于语言的局限以及话语权的控制，东欧文学也极易被涂上浓郁的意识形态色彩。应该承认，恰恰是意识形态色彩成全了不少作家的声名。昆德拉如此，卡达莱如此，马内阿如此。赫尔塔·米勒亦如此。我们在阅读和研究这些作家时，需要格外地警惕。过分地强调政治性，有可能会忽略他们的艺术性和丰富性。而过分地强调艺术性，又有可能会看不到他们的政治性和复杂性。如何客观地、准确地认识和评价他们，同样需要我们的敏感和平衡。

一个美国作家，一个英国作家，或一个法国作家，在写出一部作品时，就已自然而然地拥有了世界各地广大的读者，因而，不管自觉与否，他，或她，很容易获得一种语言和心理上的优越感和骄傲感。这种感觉东欧作家难以体会。有抱负的东欧作家往往会生出一种紧迫感和危机感。他们要用尽全力将弱势转化为优势。昆德拉就反复强调，身处小国，你"要么做一个可怜的、眼光狭窄的人"，要么成为一个广闻博识的"世界性的人"。别无选择，有时，恰恰是最好的选择。因此，东欧作家大多会自觉地"同其他诗人，其他世界，和其他传统相遇"（萨拉蒙语）。昆德拉、米沃什、齐奥朗、贡布罗维奇、赫贝特、卡达莱、萨拉蒙等等东欧作家都最终成为"世界性的人"。

关注东欧文学，我们会发现，不少作家，基本上，都在出走后，都在定居那些发达国家后，才获得一定的国际声誉。贡布罗维奇、昆德拉、齐奥朗、埃里亚德、扎加耶夫斯基、米沃什、马内阿、史克沃莱茨基等等都属于这样的情形。各种各样的原因，让他们选择了出走。生活和写作环境、意识形态、文学抱负、机缘等，都有。再说，东欧国家都是小国，读者有限，天地有限。

在走和留之间，这基本上是所有东欧作家都会面临的问题。因此，我们谈论东欧文学，实际上，也就是在谈论两部分东欧文学：海外东欧文学和本土东欧文学。它们缺一不可，已成为一种事实。

在我国，东欧文学译介一直处于某种"非正常状态"。正是由于这种"非正常状态"，在很长一段岁月里，东欧文学被染上了太多的艺术之外的色彩。直至今日，东欧文学还依然更多地让人想到那些红色经典。阿尔巴尼亚的反法西斯电影，捷克作家伏契克的《绞刑架下的报告》，保加利亚的革命文学，都是典型的例子。红色经典当然是东欧文学的组成部分，这毫无疑义。我个人阅读某些红色经典作品时，曾深受感动。但需要指出的是，红色经典并不是东欧文学的全部。若认为红色经典就能代表东欧文学，那实在是种误解和误导，是对东欧文学的狭隘理解和片面认识。因此，用艺术目光重新打量、重新梳理东欧文学已成为一种必须。为了更加客观、全面地翻译和介绍东欧文学，突出东欧文学的艺术性，有必要颠覆一下这一概念。蓝色是流经东欧不少国家的多瑙河的颜色，也是大海和天空的颜色，有广阔和博大的意味。"蓝色东欧"正是旨在让读者看到另一种色彩的东欧文学，看到更加广阔和博大的东欧文学。

二〇一三年十月三十一日定稿于北京

主编简介：高兴，诗人、翻译家，一九六三年出生于江苏省吴江市。中国作家协会会员。国务院政府特殊津贴专家。现为中国社会科学院外国文学研究所研究员，《世界文学》主编。曾以作家、翻译家、外交官和访问学者身份游历过欧美数十个国家。出版过《米兰·昆德拉传》《东欧文学大花园》《布拉格，那蓝雨中的石子路》等专著和随笔集；主编过《二十世纪外国短篇小说编年·美国卷》（上、下册）、《伊凡·克里玛作品系列》（5卷）、《水怎样开始演奏》《诗歌中的诗歌》《小说中的小说》（2卷）等大型图书。主要译著有《梵高》《黛西·米勒》《雅克和他的主人》《可笑的爱》《安娜·布兰迪亚娜诗选》《我的初恋》《索雷斯库诗选》《梦幻宫殿》《托马斯·温茨洛瓦诗选》等。

荒诞悖论

——

(中译本前言)

茅银辉

记得读中学的时候曾经看过一部好莱坞电影,片名是《真实的谎言》,剧情有些模糊了,只是对这个荒谬至极的名字印象深刻。谎言怎么能是真实的?电影散场之后,人们恍然大悟,原来片名十分贴切,故事讲述的确实是一个"真实的谎言"。

近几年连续翻译了三部荒诞派小说集,作者是波兰的斯瓦沃米尔·姆罗热克(1930—2013),一位享誉世界的文学巨匠。让我想起《真实的谎言》的,是这位作家笔下极度荒诞却又无比真实、完全合乎情理的世界。需知"荒诞"一词,字典上的解释是:极不真实,极不近情理。这简直就是个荒诞的悖论。

花城出版社"蓝色东欧"译丛本次译介给读者的《三个较长的故事》就是这样一部小说集,收录了姆罗热克在二十世纪六十至九十年代间创作的三篇中篇小说——《骡子手册》《我亲爱的低等生物们》和《莫妮萨·克拉维尔——爱情故事》。

二十世纪的波兰文坛群星璀璨，先后诞生过四位诺贝尔文学奖得主，在他们耀眼的主角光环掩映之下，同时代很多惊才绝艳的波兰作家显得黯淡无光。若是换个年代，或是换个国家，这些人定然会大放异彩，而不是暗自嗟叹生不逢时了。姆罗热克却不在此列，他早已跻身于世界级文学巨匠之列，其艺术造诣和影响力比起四位诺奖得主也不遑多让，如果论及作品被外译的数量，他可算得上是波兰文坛之最。

姆罗热克多才多艺，创作过大量荒诞派哲学散文、短篇小说及中长篇小说；写过电影剧本，还亲自导演过其中两部；他还撰写过报刊专栏随笔、杂文小品，创作的戏剧作品更是享誉世界。同时，他还是一位卓越的素描画家和漫画家。

一九三〇年六月二十六日，姆罗热克出生于波兰南部博任齐纳镇。二战期间，他在克拉科夫读完高中后进入大学，先后学习了三个专业——建筑、东方学和艺术史，但很遗憾，没有一个专业令他满意。

战后的一九五〇年，二十岁的姆罗热克作为画家和记者开始出现在公众的视野中，他在《横断面》周刊和《高跟鞋》杂志上发表的系列讽刺漫画作品为他带来了最初的声誉。

一九五六年至一九六〇年姆罗热克在多个期刊上开辟了题为《进步分子》的著名专栏并发表文章，对人民波兰时期日常生活中的种种荒唐事进行嘲讽。就如波兰评论家杨·布沃斯基在《姆罗热克的所有艺术》中所分析的，《进步分子》中的笑话和幽默是基于对传统新闻模式的颠覆，例如以电报式语言表述："来自联合国的科学活动——农业和林业成果调研发言人称：迄今为止，使用教授进行森林砍伐工作对提升木材的质量毫无影响。"姆罗热克在《进步分子》专栏中所发表的文章，以其幽默感、超现实的想象力和荒谬怪诞的手法成功地达到了娱乐读者的首要任务，笑过之后的读者逐渐地能够从文中读出黑色幽默背后隐藏的更深刻含义。在他成熟时期的散文和戏剧中，这些创作模式和手法成了他对社会和生存问题进行深入剖析的工具。随着时间推移，这种幽默的嘲弄逐渐被苦涩而寓意丰富的讽刺所取代。

一九五三年姆罗热克发表了文学处女作——短篇小说集《来自特什米洛娃山的故事》和《实用的半身铠甲》。后者的中译文被收录在花城出版社二〇一八年出版的《简短，但完整的故事》中。

一九五六年姆罗热克发表了他的第一部长篇小说《短短的夏天》，一九六一年写完了第二部也是最后一部长篇小说《逃往南方》。这两部小说都是对波兰外省生活的嘲讽，作家曾在那里度过童年时代，对小镇生活中的虚伪和僵化非常了解，这为他提供了创作灵感。如果说在《短短的夏天》中作家还有着说教的倾向，而在《逃往南方》中则完全摆脱了这一风格。

一九五八年姆罗热克发表了第一部戏剧作品《警察》。这个故事可以发生在任何时代、任何地方，反映的是为了自我的生存而不惜一切代价维系敌对面存在的滑稽故事。在理想国度里，没人犯罪，警察无所事事，为了避免失业，他们就运用各种手段虚构出"敌人"。故事的荒诞性源于对自由概念的阐述：自由的出现只是为了服务于强化警察制度。在《警察》这部剧中不难读出作者对社会现实的暗喻，然而在该剧中所反映的社会机制和制度中人们的各种态度与表现不仅局限于波兰的社会现实。此后，作家把主要精力集中在戏剧创作上，到一九六三年时他已经发表了十部戏剧，成为享誉世界的著名剧作家。其中影响力较大的有独幕讽刺剧《在茫茫大海上》（1961）、三幕剧《探戈舞》（1964）等。

一九六三年，姆罗热克移居国外，他曾先后在法国、美国、德国、意大利和墨西哥居住过，但仍然在波兰发表作品。一九九〇年他做了主动脉瘤手术，直到一九九六年才回到阔别多年的祖国。二〇〇二年他突然中风，丧失了语言和书写能力，在进行了三年的康复训练之后，才重新握笔，写下了与疾病抗争的成果——自传《巴尔塔萨尔》（2006）。二〇〇八年，作家由于健康原因于当年再次离开祖国，移居到气候更为适宜的法国南部城市尼斯，在那里度过了生命的最后时光。二〇一三年八月十五日，姆罗热克在尼斯辞世，享年八十三岁。隆重的葬礼在克拉科夫的圣彼得和帕维乌教堂举行，克拉科夫民族圣殿墓地是作家最终的埋骨之所。

姆罗热克的文学创作改变了波兰现代文学的基调。他创造了一种全新而独特的荒诞风格，笔下的主人公与塞缪尔·贝克特和欧仁·尤内斯库所创作的荒诞派人物不同，这些形象不是形而上学的、臆想出来的虚拟人物，而是来源于生活、有着真实社会体验的人物。

姆罗热克的小说通常以超现实、荒诞的故事来比喻或映射个人在现实世界的处境。在其创作中，对人与人之间的关系问题多有涉及，其观点明显受了贡布罗维奇的影响，认为生活的"模式"是决定人与人之间关系和社会现实的力量。人为了在社会上生存，就不得不采纳某种生存的"模式"，戴上假面具，接受别人的思想，扭曲自己和他人。人格是无法独立的，人永远不能独立于周围的环境而完全自我地存在。人与人之间也存在着紧密的依存关系，受着他人的影响，永远难以成为真正的自己。本书收录的《我亲爱的低等生物们》和《莫妮萨·克拉维尔——爱情故事》中的主人公莫不如此。《我亲爱的低等生物们》的主人公为了获得社会普遍认为的成功，极度害怕失败而放弃了自己追求美的权利，选择与丑陋或残疾的"低等生物"们谈情说爱，从而获得内心的优越感和世俗生活中的种种便利，很快获得了事业上的成功。这部作品是三部作品中最为严肃的一部，它的荒诞性不在于故事的情节，而是主人公异于常人的价值体系和内心世界。姆罗热克用平滑的语调讲述了关于美与丑的研究，这种不带感情色彩的平铺直叙反而令读者感到毛骨悚然。

但姆罗热克在荒诞性的处理上比贡布罗维奇更接地气,他的荒诞派小说都发生在日常生活场景中,人物也都是现实中的典型形象,社会生活中的一切虚假、荒谬、自相矛盾的丑恶乃至残酷的现象都受到他无情的嘲讽。他善于把生活中的种种令人不安的现象加以无限夸张,使其显得无比荒唐,却又合乎事物发展的内在逻辑,从中常引出一些难以预料的结果,引人深思。这一特点在本书收录的三篇小说中均有体现。在《我亲爱的低等生物们》一文中,一个从学生时代就对美有着极致甚至变态追求的美学教授,最终娶了一位"纯粹由缺点构成的、外貌丑陋、心肠恶毒、目光狭隘、愚蠢痴呆"的女人为妻,乍一看匪夷所思,然而随着情节展开,这一结果又是完全合乎情理的,显得无比真实。《骡子手册》一篇被写成了"教科书体",是主人公为自己创立的新学科——骡子学所撰写的入门教科书,作家煞有其事地开创了一门全新的学科,并对该学科——骡子学的学科命名、实验过程、样本的获取过程等进行了精彩的描述,虽然从形式上,看似是按照科学规则进行的平铺直叙,但骡子学完全是作家杜撰出来的学科,骡子样本指的是一切破坏社会规则、认知与社会共识明显相悖的公民,因此整部作品依然延续了作家的荒诞现实主义风格,所有的骡子样本的案例都来自于现实生活。例如:那些为了抄近路随意践踏新种的草坪的人、从餐馆偷偷拿走餐具的人、流氓、痞子等等,这些骡子不仅存在于几十年前的波兰社会,在当代中外社会中依然鲜活地存在着。

司汤达曾提出"小说,是一面镜子,鉴以照之,一路行去"。一个半世纪之后的波兰著名文学评论家塔德乌什·内柴克将姆罗热克的作品比喻为"鉴照波兰无情现实的破碎之镜",他还指出姆罗热克的"荒诞哲学"跟作家本人一样,充满了曲折的经历及政治上的逆转。"他的人生是一部四重变奏曲——起初是战前稳定舒适的乡村和小市民阶层的生活,其后是被战争蹂躏的残破生活,然后经历了苏联式共产主义革命的狂热生活,以及最终选择逃离的移民生活,这多变的人生经历对作家的创作特点起到了决定性影响。他在一切破灭之后，决定做一面反映人民波兰时期残酷现实的破碎之镜……波兰读者在他的作品中发现了自己生活中不堪回首的往昔，从而长久地热爱着这位作家。"二战爆发时，年仅九岁的姆罗热克还无法直接参加与侵略者的斗争，但他已经完全能够体会到战争的残酷，意识到世界体系的崩塌。尽管在他的作品中并没有直接涉及战争的话题，然而战争的体验所带来的伤痛却一直持续影响着他的创作，决定了他对表达方式、呈现手段的选择，这不管是在他的小说中还是在戏剧、电影和绘画创作中都有迹可循。

姆罗热克不仅关注社会现实、政治现实，还关注波兰人的精神现实。他在嘲讽政治体制的同时，也在描绘自己的同胞试图适应新的社会现实的心态。他在小说中嘲讽了波兰民族的幻想、意识形态和民族特性，这些都与波兰民族在浪漫主义早期就丧失了国家独立和长期处于被占领状态的历史密切相关。历史上遭受的这些惨痛经历直至今日依然影响着波兰民族。半个世纪后，尽管政治制度发生了变化，财富实现了增长，技术得到了发展，但这些民族的幻想、迷思及恐惧依然鲜活地存在着。这一特点在作家移居国外前后（1963）首次出版的《莫妮萨·克拉维尔——爱情故事》一篇中表现得尤为突出。作者将他的同胞——小说主人公推入欧洲的广阔水域。小说的题目再次体现了反讽的手法，这并不是一部描述爱情的浪漫故事，它旨在揭示波兰人面对西方文明时的自卑感，以及缺乏民族自信的可悲。这部作品充分体现了作家对待波兰人和祖国波兰的矛盾心态。一方面，他厌恶波兰人的固步自封、落后愚昧，无情地抨击波兰人的愚昧行为，而另一方面，他在移居国外多年后回到故土时，又坦言说："我回到了波兰，因为这里是我唯一真正感兴趣的地方。这里是我的祖国。"他对波兰人的性格特征做过很多总结，比如"强化"理论，他发现当波兰人找不到出路时，总是喜欢喝酒，在酒精的帮助下总能变得"强大"，从而找到解决办法。还有关于波兰人的恐惧的总结，姆罗热克认为，所有波兰人总是不满、愤怒和恐惧,害怕一切事物以及所有的人,甚至包括他们自己。作家自己也承认,他的这些理论正是从自己的行为中总结出来的。在他看来,波兰人还有一个缺点:对历史耿耿于怀。这也正是作家不断旅行迁居的原因之一。他一直在寻找一个没有历史的国家,他承认,他选择定居墨西哥的原因就是那里没有历史存在。在作家的生活和作品中那份陌生感和不适应性是显而易见的。他逃离波兰,到各大洲不停地旅行,但最终还是选择回归波兰,其思想中的矛盾与纠结可见一斑。

姆罗热克摒弃了现实主义理念及对人物心理描写的手法,他根据自己的法则构建世界,在他的笔下,所有我们所熟悉的元素都被重新绘制、加以夸张甚至扭曲,价值观的层级和秩序也被颠倒错置。他用一种荒谬的方式来揶揄现实世界。《我亲爱的低等生物们》一文中,美和丑是统治世界至关重要的核心因素,由此构建出一个奇幻的帝国:掌握美学理论的主人公成为高高在上的君王,统治着无数外貌丑陋但能力不凡的"低等生物",建立了一套严密的理论,利用丑来获得神秘的力量,从而达到对美的追求,他心中极度厌恶,却又欲罢不能。

姆罗热克小说中叙事者的构建是小说演绎的关键。大多数的故事是从"我"的角度阐述的,描述"我"所看到的事件,展现事件的主人公,同时还融入"我"的知识和体验,"我"对事件的恐惧、忧虑等感受。也有些小说的叙述者与故事的主人公是同一人,有些则是隐藏的第三人,不管是上述哪种叙事者结构,都带有叙事者自己的信念、世界观以及对事件的感受。

尤其值得一提的是,他笔下的叙事者从来不进行抗争,对发生在周围的一切,只是如实描述,抱着完全接受这个虚拟的价值体系和世界秩序的态度。叙事者由于在认知上的局限性而造成的这种天真表现与读者对故事所反映的深刻现实问题的明确认知,形成了一种"当局者迷旁观者清"的强烈对比,这种对事件的表现手法正是作家戏剧性的来源，也是他在小说中表现社会上所充斥的悖论与矛盾的基本手段。作家用这种方式编写了一段"共同的代码"，使读者能够完全理解叙事者头脑中所隐喻的内容。

姆罗热克的小说在体裁种类上涵盖了历史小说、科幻小说、奇幻小说、童话和寓言故事等多个门类，本书中收录的《我亲爱的低等生物们》是书信体，而《骡子手册》居然是"教科书体"。

令姆罗热克获得世界范围高度认可的是他在描述历史时所揭示的普遍性问题，不论处于何种政治制度下，发生在哪个国度和什么历史时期，都普遍适用的触及支配社会和政治生活机制的问题。姆罗热克并不局限于对制度、社会的运作方式、同胞心态的荒谬性进行描述，还触及更深的问题：探究人的本性，以及人作为个体与世界的关系。由此，姆罗热克的作品收获了全世界读者的理解和喜爱，从法国到巴西，从日本到南非，尽管这些作品已经问世半个多世纪，依然被不断地翻译和再版，拥有强大的生命力。欧美国家对姆罗热克的作品的译介起步较早，从二十世纪六七十年代开始，有大量的姆罗热克短篇小说和戏剧被译为英、德、西、俄、法等十几种文字版本。然而这位重要的波兰作家在中国却鲜为人知，对他作品的翻译也较少。最早在国内推介姆罗热克作品的是北京外国语大学的易丽君教授，她在一九八八年《世界文学》第六期中发表了姆罗热克的八篇短篇小说译作。一九八九年的《外国文艺》第三期刊载了由叶尔湉翻译的姆罗热克独幕剧《哲学家狐狸》和《培训生狐狸》，这是国内第一次发表该作家的剧作译本。在一九九四年第一期的《新剧本》上刊登了由彭涛翻译的戏剧《脱衣舞》。一九九二年，上海文艺出版社出版的《外国独幕剧选第六集》收录了梁音翻译的姆罗热克戏剧《在茫茫大海上》。

今年出版的《三个较长的故事》是花城出版社"蓝色东欧"译丛继《简短，但完整的故事》之后，译介给国内读者的第二部姆罗热克小说集，书中的荒诞与真实，留待读者玩味。

骡子手册

序言

在学校读书的时候,我的学习成绩平庸。当时就有人问过我:有没有一门学科是你特别专注的?

是否有这样一门学科呢?我考虑了良久。很遗憾,尽管我以最仔细的方式把所有著名学科都审视了一遍,也没能从中找到答案。植物学——否,化学——否,物理——否,其他学科也一样。

面对这种情况,我开始思考,是否还有什么学科至今尚未被发现,这样我就可以成为它的创立者了。然而数年时间匆匆逝去,我一直未能找到。

不过最终,我的愿望还是得以实现了,而且可以说是超乎预期地实现了。首先,是我从根本上发现了这样一门学科的事实本身;其次,就是我的重大发现,我认为,它将极大地满足大众的需求。一言以蔽之——我成为了一名骡子学家。

那么，摆在我面前的工作无他，只能是着手撰写《骡子手册》，以此来告知那些对此感兴趣的人，骡子的实质是什么，骡子学家所研究的对象是什么，以及取得了哪些研究成果。然后就是向《名利场》的作者威廉·梅克比斯·萨克雷献上深深的敬意和钦佩。我在此郑重声明："名利"一词没有隐含对任何人或事的任何暗喻，"致敬"就真的只是表达敬意。尽管如此，人们还是会在所有被标以"嘲讽"的文章里习惯性地从字里行间挖掘双重含义。一重是文字表面的意思，第二重是令人"发笑"的深层寓意。

以下的章节是我在多年来的研究中所记录下的极具价值的片段。

一、术语问题

我已经是一位著名的骡子学家了，在这个知识领域，我的地位毋庸置疑。而此时我却发现自己遇到了一个敌人，他居然敢对我所热爱的这门学科的命名提出质疑。

他给我发了一封充满挑衅意味的信，让我"离骡子们远点"。他还鼓捣出五花八门的令人不快的恶作剧：

四处宣扬我有着小商人的灵魂，他不仅把我门前的地垫搞坏了，还把原木桩子扔到我脚边。我终于忍无可忍，决定要出手结束这场闹剧。我给他写了一封长信，在信里提出：如果你是个正直的人，就请站出来与我面对面地谈话，公开提出对我的指责。

他接受了我的建议，显然他还不是那种完全丧失了尊严的人。

很久以来我一直怀疑，他恐怕是某个动物保护协会的代言人。因为我不认为，一个普通的个人会如此固执地反对我使用"骡子"一词来称呼这些憨厚朴实的役用牲畜。要知道，"骡子"这个多义词用来描述人的时候是非常贬义的。

当他带着一条达克斯狗前来与我会面时，我的怀疑就更为强烈了，显而易见，这条达克斯狗是来监督他的。

我们见面的地点是一家门可罗雀的小咖啡馆。时间随着沙漏而流逝，咖啡馆天花板上爆裂的漆皮也有规律地剥落，簌簌而下。

"您怎么能使用这个名字呢？"他坚持道，"先生，您可知道，这些骡子是多么善解人意、憨厚老实、温驯良善的小东西啊，您居然就这样抢走了这个名字，抢走了这个名字所赋予的敬意？您是否知道，您给这些毫无抵抗能力的生命造成了多么大的精神伤害？您可真不厚道——简直就是卑鄙！"他话未说完马上改口，因为达克斯狗踢了他的腿，显然是认为他使用"不厚道"这个词太过轻描淡写了。

"我尊重我们所论及的动物！"我喊道，"不仅如此，我还爱它们！"我补充道，并尽力摆出最有力的论据："请先生们注意到这样一个事实，有一批词汇是多义词，同时拥有多重含义。比如我认识的一个人，他的名字就叫'字母'。我们再看动物世界里的例子，比如'公牛'这词。我们把不该犯的错误也称作'公牛'①，描述在滑铁卢之役中战败的拿破仑时，哦，就是最终导致了帝国瓦解的那场战役，您会说：'拿破仑撞上了公牛'②，而我们不能因此就不再使用'公牛'一词来界定那些在牧场里安静吃草的雄性动物。"

然而，我还是无法说服他。假如只有我们俩在面对面辩论，我相信可以很快把他摆平。我们在喝了黑咖啡后又点了些甜点（达克斯狗为了维持体面什么也没吃）。过后我们继续讨论，我就不再赘述接下来讨论的片段了，因为徒费口舌，没能带来任何根本性的改变。

---

① 波兰语"公牛"，在口语中还有很多含义，包括错误的意思。
② 寓意是：拿破仑犯了大错。

又过了一会儿，当我们继续努力，试图冷静地说服对方时，服务生不请自来。他看来是闲极无聊，决定给自己找点事做。这家伙体格健壮，步伐沉重，长得像是个挖煤的。他走到我们桌旁，冲我们之前并未注意到的标识牌指了指——"狗禁止入内"。

我注意到，我的辩论对手有麻烦了。如果他是孤身前来，肯定早就放弃对立了，但是在达克斯狗的陪伴下，他就显得身不由己，无法不顾忌后者感受而与我言和。

我还认为，他们之间的公务关系也令事情变得更为复杂，这一关系的特点我也无从深究。

"这是谁的狗？"侍者的问话打破了沉默。

"我的，这是……它是我的朋友……要知道狗是人类忠实的朋友，不是吗？"他在努力摆脱由这个规定造成的尴尬局面。

侍者无动于衷，还是要求立刻把狗赶出去。他并不是真的介意狗出现在店里，而是不愿回到收银台后再次陷入无聊的煎熬，才在这里纠缠不休。

"请不要对我大声叫喊！"狗的朋友开始激动起来。"您可知道，达克斯狗是多么有用的动物？比如，您试试带着狐狸猎犬去猎獾，您将一无所获！可要是达克斯狗……"

我饶有兴趣地旁观着事件的发展。侍者口风稍缓，可过了一会儿他改用"你"① 来称呼对话者：

"你到底带不带狗出去？"

"不！"

"你这个臭小子！"

"你这烂人！"

"你这脏汉！"

"你这流氓无赖！"

"你这单簧管！"

"你这侵略者！"

"你这骡子！"

我高兴地颤抖了一下。而达克斯狗在此之前就像在观看乒乓球赛的观众一样，目光在他的守护者和侍者之间来回摆动，最终它显然被激怒了，愤然离开了咖啡馆。它的守护者一把抄起帽子，追了出去。

我对侍者进行了简短的采访。我发现，他从很小的时候就开始用"骡子"一词来骂人了。他还把自己好几位同学的姓名和职业给了我，并向我保证，这帮家伙也爱使用这个名词来表达对某人的负面评价。在他的家

---

① 波兰人与陌生人交谈时一般使用第三人称表示尊重，第二人称用于熟悉的朋友或同辈之间，这里使用第二人称，隐含着对对方不够礼貌、不够尊重的意思。

里，这个词在兄弟们之间也同样有着极高的使用频率。他感谢我能跟他闲聊，并愿意在下班后跟我到附近的酒吧去坐坐。

是的，是的。就让那些力求语言纯正，咬文嚼字的学究们随便怎么说吧！我这样命名自己的学科不是没有依据的。不论是在此之前，还是以后，有多少次我都在社会语言库中找到了我这一命名的确凿依据。为了让那些最激烈反对者们哑口无言，我甚至还写了一本小册子，指出我这门学科的关键词不是来自那些可爱动物的名字，而是来自"淤泥"① 一词。

你们可以试试在布满淤泥的水底行走。众所周知，构成湖泊底部的不是那些让你崴脚的岩石，而是淤泥。然而还是在岩石上行走更好些，因为淤泥会在脚下裂开，并在湿热的压力下黏在脚底。仅仅走几十步之后我们就会感到疲惫不堪。哎，这淤泥啊！

骡子是做什么的？这本骡子之书就是专门来阐述我们的骡子的。骡子没有什么伟大之处，书里要谈的也没有什么惊天动地的事情。骡子既不会造成一场火灾，也不会引发洪水，更不会令火车脱轨。骡子最大的特点是，它专吃"琐碎"。每天里有成千上万琐碎的东西在

---

① 波兰语"淤泥"一词，还有表示动物骡子的意思。

它们永远填不满的嘴中消失。

关于命名的讨论我们就此打住。因为我们的主要任务是追踪骡子，和探究在我们生活中的"骡子价值"。

所谓"骡子价值"，也不难理解，就是骡子的思想理念。

第二天我又碰到了那只达克斯狗，它踽踽独行。我们擦肩而过，任何特别的事情都没有发生。

二、课程

因此，骡子的基本特征是：它们的认知与社会共识明显相悖，它们否认无可辩驳的证据，它们不顾基本的公民原则而行动，它们具有深入骨髓的"骡子价值"——这些被强化和固化的基本特征塑造的典型骡子，就是我们今天要研究的对象。

让我们来复习一下学校的化学和物理课本里惯常运用的方法：

我们取 H_2O（水）注入试管，将其加热，然后我们注意到试管中会升腾起小云团，就像雾气。这实验应该重复做多次。现在我们可以描述实验结果：那像雾气的小云团，我们称之为水蒸气。

我们今天也将进行完全一样的实践，目的是更容易和更准确地记住受检对象的特性。

练习一

我进行这个练习需要准备如下条件：任意一家乡村客栈、侍者和一两样菜，叉子和勺子也必不可少。摆放方式如下：a. 客栈在原地；b. 侍者以待客的姿势站在柜台旁边；c. 叉子和勺子在厨房里。

然后我们找一个行人，把他安排在客栈的餐桌旁坐下。之后的实验经过是这样的：

侍者走过来，完成点餐。为客人上菜并提供勺子和叉子。客人吃饭。侍者走开。现在我们要注意：如果客人把叉子和勺子装进口袋里并离开，这意味着——请记录下来——我们碰到了一个典型骗子。

练习二

练习准备：派一位被实验者去参加任意一场由某个国家部门或社会机构组织的培训或实践活动（什么类型的都无所谓）。如果这位被实验者是带着国家的毯子回来的——结果如上，同练习一。

练习三

在某个公共小广场上播种青草。等着。如果形成了一条穿过小广场的"捷径"——这无疑表明，在附近存在着典型骡子。

练习四　等等

因此，各位，请记录下：在我们周围繁杂的无机世界中、有生命的自然界中和人类社会中，我们已经发现了典型骡子。我们现在的任务是要描述出被观察者的行为机制。为了这个目的我们要询问他，为什么在上述三个试验中他要以例子中描述的方式行动。注意，各位，请安静！我们温和地走近他，就这样。现在我们提出问题：

"万分抱歉，打扰您啦！您为什么不带着自己的勺子和叉子呢？您为什么要拿国家的东西呢？您为什么要破坏公物呢？"

"那又怎么样？"

是的，非常好，完全一致，一切都进行得非常正确。这就是典型骡子。当然，他们从来都不会有特别的智慧。（教室里有声音说："特别的？……恕我冒昧，教授先生……"）这也是他的第一反应，这是世界上所有骡子学家们都非常清楚的事情,这就是经典骡子学的基本问题之一——"那又怎么样?"

请大家注意这无与伦比的坚定性。可以说,这一表达的艺术性令每位真正的骡子学家的耳朵都感到无比愉悦。它的意义就像大熊星座或是南十字星座对于指南针发明之前的航海者们一样——总是持久而坚定地闪耀着,如同永不熄灭的指路明灯。

我们得到了这样的回答之后,每个人,哪怕是刚开始学习骡子学的学生,都能准确无误地认识到:我有骡子了!这是绝对正确的,就像毕达哥拉斯定理对于那些数学差的学生来说,这是骡子学中的"驴桥定理"①,这是真正检验骡子的试金石。伟大而精彩的"那又怎么样?"——什么都没说,但又什么都说了,说明了你在跟谁打交道!书归正传,各位,让我们继续我们的实验吧。请注意!

"请您原谅,但是您为什么要打碎火车上的玻璃?为什么在街上乱扔垃圾?为什么要破坏草坪?"

---

① 原文为拉丁文,直译为:驴桥定理,也称为等腰三角形定理,是在欧几里得几何中的一个数学定理,是指等腰三角形二腰对应的二底角相等。驴桥定理是在几何原本的前面出现的较困难命题,是数学能力的一个门槛,也称之为"笨蛋的难关",无法理解此一命题的人可能也无法处理后面更难的命题。

"关你屁事,是你家的吗?"

先生们,反应完全正常,我们走在正确的轨道上。门卫先生,请您现在把骡子带到办公室来。嗯,等一会儿再带过来吧,当我们需要它的时候。各位,请准备好做笔记:

"……骡子学如果没有其亲缘学科——白痴学——为它提供参考数据的话,骡子学将会很无助,也很难确定其学科的基本问题——骡子学所特有的、明显的特征归属问题。今天我们测试的典型骡子,被认为是那些将以下一切:

a. 不是我的

b. 不是被端着枪的宪兵监督着的东西

——视为不仅是可以,而是应该,还甚至必须被他们:

a. 占为己有

b. 毁掉

能够确定的主要特征是:以下一切:

a. 不是我的

b. 不是被端着枪的宪兵监督着的东西

在任何情况下都不应该:

a. 被保护和关心

b. 任其安静地待着

按照这个原则发展下去，可以预见到以下情形：在发展顺利的情况下，世界上将只剩下典型骡子的家族，所有在家族之外的孩子都会被典型骡子视为：

a. 不是他的

b. 不是被端着枪的宪兵监督着的

——那么就必须：

a. 被强行抢来

b. 被屠杀掉

好的。现在，门卫先生，请把它带过来吧！嗯，等一下，请带来第二个吧，您知道，是那个更为复杂的，手拿烧瓶站在柜子旁的那位。是的，先生们，现在我们来认识第二个，同一种类中的更高形式。

教室里一阵骚动。听众们看向这个对象。

注意，我们来提问：

"您为什么要把国家的毯子拿回家？"

"显而易见，如果说现在我们是人民的国家，那我也是人民，国家所有的东西也都是我的。"

先生们，先生们，请安静，请安静！门卫先生，请您将它带回它自己的地方，今天我们已经不需要它了。科瓦尔斯基先生，请不要和坐在最后一排的女同学交头接耳，我不会专门为您再讲一遍课的！

不管表面上如何，刚才我们做实验的这个典型骡子

（为了加以区别我们把他称为"典型骡子A"），他并不比他的前辈拥有更多的智慧。我用比喻的方法来解释。大家一定不止一次见到过空旷的平原，没有任何灌木丛或者沟壑的平原。当我们第二次再见到这片平原时，我们注意到，地面上出现了一些东西。没准儿是来这里的第一位游客丢下的瓶子，也可能是任何其他东西。理解今天的第二位典型骡子与第一位之间的关系就同我描绘的第二幅画面与第一幅那样。这是同样的一片平原，只是偶尔被扔上了杂物，骡子们还是具备相同的智力，只是落上了一些从某处脱离下来的碎片，但这并不会让平原不再是平原，骡子也依然是骡子。

我认为，在我们这个圈子里就不需要进一步证明典型骡子A反应的荒谬性了，也不用更详细地描绘一片荒漠或是一片原始森林的景象了：国家遍布着被损毁的城市，穿着兽皮的典型骡子们从森林里窜出来，喊叫着"国家是我们的"，把火车的最后几块玻璃拆下来据为己有……这幅景观不是耸人听闻，只是根据典型骡子A的世界观推演而来的结果而已。

在今天课程的最后，我只想提醒诸位，历史上有个人喜欢非常认真地表述："朕即国家。"他就是路易十四——法国十七世纪的绝对领导者，他统治了这个美丽的国家很长一段时间。之后许多人，甚至是这一思想的开创者们都嘲笑他，法国人也对这个"朕即国家"说法感到好笑。但他的确是位强大的国王，这事已经是很久以前发生的了……可怜的骡子呀，你偷了国家的叉子，还说这没错，因为"朕即国家"。

不，亲爱的，国家——是你、我和他们——加在一起有两千多万人的呢。把叉子放回到它该在的地方吧。

先生们，请安静。什么，铃响了？那么就下课吧，那么——再见……科瓦尔斯基先生……啊，对不起，我没注意到，您在送女同学出去。那好吧，再见！今天天气好冷。天呀！风这么大！

三、阿尔图统帅驾到

当我坐在自己的办公室时，一阵急促的敲门声响起。门外站着一位年富力强的男士，他的站姿笔挺，脸被晒得黑里透红。他径直跨步进屋。此人是阿尔图统帅，著名的旅行家、发现者，还是几篇自然科学论文的作者。

"我来找您，教授。"在礼貌地打了招呼之后，他说："我有重要的事情。多年来我一直在寻找某个事件的解释，这件事发生在十几年前，当时我自尼罗河源头向东旅行。"

我把他请进自己的办公室，我必须请他原谅这里的凌乱。办公室里填满了不同品种的骡子、各类新旧地图、骡子学的教科书、记载着人类小心翼翼在该知识领域做出最初探索的古老纸莎草纸，还有现代的各种统计数据资料等等。然而旅行家却感到像在自己家一样适应，真是宾至如归。

"如我所见，您在备课？"

我们在深深的扶手椅上坐下来。

"就像我刚才提到的，这件事发生在十几年前。那时候，我雇了几个劳力，向非洲的心脏进发，路上的艰辛一言难尽。那些劳力有的在河里洗澡时被鳄鱼拖走，有的在树上采摘果子时被巨蟒吞噬，还有的疲累之下席地而坐，却被虫蛇蜇咬中毒身亡……就连那些小心谨慎到既不洗澡、也不坐下的，也在正常赶路时葬身虎口。所有人都发烧不退、身染疟疾、风湿腰痛……就这样，大家像苍蝇一样地相继死去，最后就剩下我孤身一人，也已是重病力竭、虚弱不堪。身陷非洲大陆深处，我躺在帐篷里，无法获取任何医药，十分无助，彻底绝望了。甚至都没有力量伸手去拿最后一块黄油面包，那块我忠实的奴仆在临死前放到我身旁小桌上的黄油面包。

"正当我要使出吃奶的劲抬起胳膊时，又立刻停下了动作。我怀疑，有只豺狼进了帐篷，正悄无声息地接近我那块珍贵无比的黄油面包。我当时确信，一切都完了……

"'吆吱哎,吆吱哎'——从入口处传来奇怪的声音,好像有个人进了帐篷。'吆吱哎,吆吱哎',他对豺狼反复地发出这个声音,豺狼见到他就蜷起身形,像疯了一样,一步窜出了帐篷落荒而逃。

"'救星!'我向这位来者喊道。因为我觉得,那个奇怪的'吆吱哎,吆吱哎'可能跟我们波兰语的'滚开,滚开'是一个意思。来者走近我,碰到了我的耳朵。

"'您会说英文吗?'① 我猜测道。我认为他肯定不懂波兰语。

"来者跳到帐篷中间,喊道:'嗨噫,吧吧哩吧!'

"'您会说法语吗?'② 我继续用法语问道。

"他将手指放到我眼睛上,说道:'亲我的屁……'说完这几个词之后他拿起了那块面包就走出去了,同时发出了一些含混不清的叫声。

"'您会说德语吗?'③ 我还没有放弃希望,在他身后用德语狂喊。

"然而一切都是白费。一辆驶向相反方向的大篷车

---

① 原文为英文。
② 原文为法语。
③ 原文为德语。

救了我，我最终回到了祖国。

"我当时在丛林深处碰到的那个生物，还经常会出现在我的回忆中。我是位自然学家，因此这份好奇很快就转化成科学热情。这个不明生物应该被划归什么种类呢？我知道，您是从事骡子学领域研究的。我来找您，我们，搞科学研究的人，应该互通有无。"

已经很晚了，办公室里一片昏暗，街灯的光亮投射进来。晚班电车的马达轰鸣声、进站刹车声时不时地打破寂静。统帅突然站起身来，一步蹿到窗户边。

"不可能，不可能，怎么会这么像……"

我跑到他身边，也从窗户看出去。只见从有轨电车上跳下来一个人，他按响了最近处一座建筑的门铃，然后兴高采烈地拍着自己的大腿，又跳回车上，电车开走了。大门随即打开，睡眼惺忪的看门老头向他挥拳示威。

"多么像呀……"统帅念叨着。

"那么您推测，这是……"

"不，不，这可能不是他，只是很像而已……"

"统帅，电车还没有走太远，赶紧，别浪费时间！"

我们在门厅抄起大衣，飞奔下楼。

在街角处碰到一辆出租车，我们坐上去追赶着电车，心里狂热地盘算着行动计划。突然司机刹了车。我们的目标从电车上一跃而下。我已经毫不怀疑，我们正在追赶的那位是个最为常见但又是纯种的骡子。目前我还没有想到科学的命名，因此就暂时取个贴近大众、但又足够准确的名字——流氓。我将自己的观察与阿尔图统帅进行了交流。他同意在我们没有确定科学命名之前先用这个名字来界定他。

很明显，目标此时正往他们这个圈子里很受欢迎的、名字十分狂妄的"布里斯托尔科隆香水帝国"夜总会方向行去。我们停了下来，把出租车打发走，慢慢地跟踪着目标。

我们必须在他走进"布里斯托尔科隆香水帝国"前不惜一切地抓住他。因为我们无法直接进入这家夜总会，除非是使用大炮，可此时我们连一发炮弹都没有。我们还必须十分谨慎，不能把他吓跑了。幸好他从人群中走开了。

这是我第一次看到阿尔图统帅的才能。在狩猎方面，甚至从根本上来说他在所有方面，都表现出非凡的老练。

"应该去诱惑他，"阿尔图统帅说道，"我记得如何捕猎麋鹿，只需躲在灌木丛后面，等待麋鹿接近，然后用特殊乐器弹奏出它们特有的声音。结果必然是：麋鹿听到声音，以为是它的伙伴在呼喊，就会直接走过来被一枪撂倒。"

"是呀,"我说道,"我只是担心,他对麋鹿的呼唤不予回应。"

"那是当然。因此我们不会使用麋鹿所特有的声音,而是要使用猎物所属族群的声音。如果他是真正的流氓,我听说过应该怎么与他们打交道。"

我们躲在屋角后面。阿尔图统帅开始发出低沉而特别的喊声:

"他妈的!他妈妈的!"他重复了很多次后停了下来。然后我们竖起耳朵听。寂静中只有从"布里斯托尔科隆香水帝国"传来的遥远的轰隆声。突然我们听到了一个声音在回应:

"操操操!他妈的!哇哇哇!去去去!"

"来了!"阿尔图统帅低声对我说,"我们做到了。"他大声唱道:"当'阔边帽下'餐馆弹奏起桑巴舞曲时……"

"……郡长跳着舞,而窗外站着汤姆……"我们的战利品在黑暗中以歌声回应,没有察觉到任何阴谋,尽管阿尔图统帅没有发出打嗝、咕嘟和长长的咯咯声等流氓、阿飞所特有的怪叫声,他们通常用这些声音向经过的路人宣扬自己快乐的生活。

"来,"阿尔图统帅再次低声说,"请您假装爵士乐队，慢慢地往家的方向走。"

"啪—拉姆—啪—拉姆—啪姆—啪姆—啪拉姆—啪—拉姆！"我按他的要求做。

"……用柯尔特式自动手枪直接瞄向农场主的窗户！……"统帅继续引诱地唱道。

"……灯灭了，桑巴曲停了，汤姆开枪了！"猎物继续应和。

我一边看着，嘴里还不停发出模仿萨克斯管、小号和打击乐器的声音。我看到，阿尔图统帅从暗处走到了街灯下。他用手揪着裤管，把脚腕露出来，使裤子紧绷在腿上，还四处吐痰，喊着各种污言秽语，时不时发出从酒瓶上拔出软木塞的声音。他扮演得极为传神，我们的猎物完全被迷住了，紧跟着他。

就这样我们回到了家。我打开了房门，快速跑到地窖。在那里我热闹地模仿着所谓"流氓打架"的声音。接着我又模仿萨克斯管的声音、乱喊着各种诨名，用那些装西红柿汁的瓶子发出嘈杂的声响，地下室里存放着大量的这种瓶子。不一会儿，走廊里就传来了阿尔图的脚步声，他进了房门，身后跟着一个年轻人。年轻人额头扁平，双手伸出，带着一副盲目渴望的表情。我们一个健步来到走廊上，甩上身后的房门。统帅用钥匙锁上了门，长长地舒了一口气。他有力的、棕色的手掌在颤抖着。门后面开始传来瓶子碰撞破碎的声音。

开局了。

四、我的实验和阿尔图统帅

从此，我们开始起劲地收集一定数量的、进行后续的骡子学研究必不可少的样本。我们十分清楚，等待我们的将是针对这一特征鲜明、大名鼎鼎的群体开展具体可行的研究，并出具报告。这一群体的代表往往被冠以花样繁多的具有骡子性特征色彩的称谓：流氓、烂仔、阿飞、下流胚……

在此我必须向阿尔图统帅表示感谢，感谢他在这项工作中给予我的极具价值的帮助，不论是在收集材料时还是在进行试验时，他都是不可或缺的。阿尔图统帅枪法一流、拳技了得、骑术精湛。得益于这些，我们才能屡次在困境中全身而退。

我们在很短的时间内就收集到了足够广泛的材料。在抓到第一个渴求型骡子之后，我们又通过周密的行动猎取了几个样本。我们把它们集中在地窖中，专门雇了一位看守，还给他配备了加特林机枪。现在我们只缺两三种非常稀有的样本了，然而我们必须抓紧实施计划，因为楼里的住户已经对从地窖里不停传来的噪音提出投诉。

我们会在每个抓来的骡子的脚上套一个脚圈，上面写有时间、序号以及对各个宪兵派出所和社会机构的请求：当抓住这位时请将这个脚圈寄回给我们，并请写上是在什么情况下抓住他的。然后我们将骡子们陆续放走，每天两个、三个，甚至四个，直到清空地窖为止。

没过多久，我们就开始收到带有具体事件描述的脚圈。我们不眠不休地工作着，办公室昼夜通明。一段时间后，在我的办公桌上已经摆放着几乎全部脚圈，只有一个没回来，少了它对于科学研究并未造成什么损失，我们了解到，这个脚圈是随着它主人的腿一起被火车轧掉了。

我们用这种方式获得了异常丰富而又生动的素材，足以供我们研究之用。

我们来读一读其中的一些回执：

十二号脚圈，日期：一九五三年一月二日——寄自伊诺弗罗茨瓦夫市："我将这位的脚圈寄回给阁下，这是在一个十七岁的家伙身上发现的，他在这里的三号乳品店把客人的牛奶弄脏了。乳品店老板——（签字不清楚）。"

三十六号脚圈，日期：一九五三年一月十一日——寄自比托姆市："向大无畏的骡子学家和研究者们致以最真挚的敬意。我们寄回的脚圈是这样一位骡子的：他于本月的十一日坐在开往索斯诺维茨的公交车上，用刀片划破了车的皮座椅，还大声咆哮。国立第二男子中学爱好者协会。"

二号脚圈，日期：一九五二年十二月二十七日——通过区法院的职员寄回——"根据刑法第三百八十二/十九条，第四百八十一页，第一百三十九/ABC 1947 - 0018 法案，从上面数第十三号规定。请签收确认。"

有一个脚圈甚至是从捷克斯洛伐克寄回的，但后来发现是寄错了。

我们对所有的资料仔细地整理分类，将它们分门别类列到合适的表格栏中。我跪在铺满了纸的地板上，与阿尔图统帅进行了广泛的讨论，努力确定将来著作的基本论点。在某一时刻，阿尔图统帅就像通常那样，当突然想到什么时便会发出低声的喊叫。

"教授先生，列奥纳多·迪·瑟皮耶罗·达芬奇是位流氓吗？或者莎士比亚？伦勃朗？毕达哥拉斯？阿维森纳？"

出于这种想法我后来又扩展写了《可怜的骡子理论前言》。为什么是"可怜的"？如果读者们听了我这系列讲座的主旨发言中最具实质性的段落之后，一定会有更清晰的认识：

亲爱的听众！

我这个理论的任务就是将数量庞大的"可怜的骡子"群体的纷繁杂乱的表象进行有序的整理。我已经向各位介绍过脚圈试验所展现出的，这些现象的广泛性和多样性。一个在乳品店把客人的牛奶弄脏，另一个用刀片划破座椅，还大声咆哮，有的给别人使绊子，而有的又做其他坏事等等。然而我认为，这里一定有共同的线索把这些看似凌乱的特点连接起来。因为每个流氓、烂仔、阿飞等等都认为：

他是孤独的、自我的，只是得益于自己脑袋上用鸡蛋清粘在一起的鸡冠发型、自己的紧身裤、粗糙的嗓音、随意践踏最为基本的人权（安静过马路的人权、坐在不被破坏的座椅上的人权等等），他比达芬奇、莎士比亚、伦勃朗、毕达哥拉斯、阿维森纳……比整个社会、埃菲尔铁塔、夕阳西下、珠穆朗玛峰、野牛、尚福尔、太平洋、墨西哥暖流更高明、更完美、更聪明、更具男子气概、更有趣、更匀称、更高大、更深沉、更有魅力、更有力量……

我曾经试图努力去描述这些精力充沛的年轻人对自己所抱有的信念有多么狂热。我想出了所有可能的形容词，并加上"最"字，但这远远不够。我也尝试过论证，但还是不够。最终我找到了某种只可意会、不可言传的、无限神秘的绝佳答案。

那么你们将会问我，如何在这一背景下解释诸如在乳品店污染客人牛奶、划破车座之类的行为呢？

"这是个问题。"我引用哈姆雷特独白波兰语译版中的话。

天才，如列奥纳多·迪·瑟皮耶罗·达芬奇就不会弄污任何人的牛奶，因为他是天才，他有别的事要做。而且他并不把自己视为天才。然而可怜的骡子弄污牛奶，并认为自己通过做这件事就成为了超级天才。他们对世界的看法与对自己的看法又有什么差别呢？列奥纳多·迪·瑟皮耶罗·达芬奇认为，在艺术杰作和伟大的技术发明中能够描述出世界。而我们亲爱的可怜骡子认为，他们生来就是要在乳品店弄污客人牛奶的。

哦，可怜的骡子们！请你们从自己那里超脱出来一会儿，再远走几步，你们看看自己是什么样子！你们觉得，自己是牛仔、将军、州长、情圣卡萨诺瓦，还是无所不知的魔鬼？鬼才知道你们还想是谁，你们其实只是可怜的愣头青。你们什么都不懂，什么都不会。如果你们知道些什么、会些什么，你们又怎会靠毁坏东西、折磨他人、游手好闲、寻衅滋事来获得幸福感呢？是吧，你们自己说说！

你们，我亲爱的听众，现在已经明白了吧，为什这群骡子被称为"可怜的骡子"。

五、旅途中的奇遇——插曲（间奏曲）

N小镇的居民们在自己的代表来克拉科夫城之时带话给我，说在他们镇活跃着一个具有侵略性的骡子，他们请求我想个办法制服他。于是我决定去一趟N小镇实地考察一下这个样本。从这位代表提供给我的补充信息中，我告诫自己应该予以警惕。然而我要在此声明，我旅途中的奇遇与后来在N小镇所经历的事情毫无关联。

N小镇之行，就像要去捕猎凶猛的犀牛一样，需要非常认真地做好前期准备工作。当然，首要任务就是发电报给阿尔图统帅，可怜的"骡子脚圈"项目已把他累趴下了，目前正在一家波兰疗养院休养。

之后我将整套捕猎和科研设备打包。对于这些设备，我先卖个关子，读者将在我们到达N镇的经历中有更清晰的认识。一切收拾妥当，我到车站坐上了火车。

火车开动之前，一个身形瘦高，戴着明艳的黄色丝巾的男人进了包厢。

我向走过身边的查票员询问火车几点到达S车站，因为我要从那里再转其他交通工具去N镇。查票员说要深夜才到。这时，黄丝巾倾过身子对我说道：

"对我来说都无所谓,尽管我也是到 S 站。看看这乌云密布的天空吧,我确定,快要下雪了,火车肯定会晚点的。"

火车出发了,一路疾驰。尽管现在是冬季,轨道旁边的工地上还在施工。有人说是在建设一座新炼钢厂。

黄丝巾挥着手。

"这块地不好。那里有沼泽、亚黏土、粉粒、沙子,还有斯堪的纳维亚黄土。在这样的土质上不应该建造大型锅炉和高于三米半的大型建筑。所以我对这项工程持保留意见。"

"难道在投入建设之前没有进行过地质勘查吗?"坐在我们旁边的一位衣着整洁的老者惊讶地问。

"我认为,勘查还是做了的。但尽管如此我还是对建筑持保留意见。这沼泽、沙子、粉……"

"您从哪里获得这些信息的,这块土地不会是其他地质结构吗?"我礼貌地猜测道,"您难道是一位地质学家?"

"哪儿呀。我对地质学从来不感兴趣。然而我总是觉得,有一条锁链将我与电影艺术紧密相连。演员的职业……"

他滔滔不绝地说着。窗外下起了雨。玻璃被无休无止的斜雨敲打得涕泪涟涟。

"但是电影啊,可惜是被淘汰的艺术了——只有3D或者4D、5D电影才可能为第十缪斯①开辟新的前景。否则……"

"是吗!"陪伴着老者的一位可爱的老妇人惊讶道。

"我想,您的这种想法是源于内心的矛盾纠结,"我插话道,"一方面电影艺术是您的挚爱,而另一方面您又为电影艺术不可避免的衰落而悲伤,由此而来的痛苦……"

"您错了。根植于更深的、更成熟的怀疑主义的世界观能令我用最客观的方式去探究生活的真谛。也是保护我不受低级感动影响的坚固铠甲。比如,您刚才所说的同样确定了我的论点。因为成熟的怀疑主义和明智的放弃,可以让我在对事物感兴趣时,避免任何行动所带来的失望,因为考虑到深刻而客观的真相——众所周知,由摄影机拍摄的2D电影不可避免地走向衰退,因此我从不与电影艺术发生任何联系。"

深夜时分,伴着绵绵细雨,我们两人都在S站下了车。我在车站前打量四周,没发现有车,我注意到黄丝巾也像我一样在东张西望。很快我们就明白了,原来N镇是我们共同的目的地。

―――――――

① 指电影艺术。

在这个时刻，没有任何公交车或者火车会出发。当地人带我们找到了专门接送乘客的雇工。当他得知我们的目的地时，走到了院子里，看了看天，挠着头皮说：

"要下雪了，需要乘雪橇了。"

黄丝巾耸耸肩。

"您真是个乐观主义者！"他轻蔑地说，"我们这儿的气候多雨，整天从早下到晚，没完没了。今天这雨从早上开始下的，还不知道要下多久呢。你说要下雪！如果能下雪那就太好了。我们可以一路乘坐雪橇！就在我们这里！在冬天里！"

赶车人去装备马和雪橇，我拉着黄丝巾来到候车厅的小食店，准备点食物。因为我看到，我们的马车夫尽管用另一种方式，但也做了食物储备。

"您不买点吗？"我一边问，一边往口袋里装腌肉和面包。

"太麻烦了，我想，不到三个小时我们就能到 N 镇了，我不喜欢在旅途中吃东西，尤其还在这样的下雨天。"

我们行进在积雪混着雨水，湿滑而又坚硬的道路上。在路的两边，小镇里灯光暗淡的窗户匆匆掠过，路边的农舍越来越稀少。驶出三公里时雨已经完全停了，到五公里时雪开始纷纷扬扬地下起来，十二公里时，车夫、马匹和我们两人已经看起来像四座移动的小雪山。我这一生中还未尝见过这样的景象。不论把头转往哪个方向，面前都是紧致而无边无际的巨大白色幕墙。我们最终在第二十五公里处停了车。我们感到，在这堵白墙之后，四周等待我们的都是软绵绵的雪堆，再走下去，我们将身陷其中而无法挣脱。

没有办法。当马稍事休息后，车夫把马车辕卸了下来，配鞍骑上马，跑（如果可以把马在积雪上蹒跚缓行算作跑的话）向某个他认识的村子去寻求帮助。

就剩下我们二人孤零零地留在这片白茫茫的夜色中，前路未卜。我们浑身湿冷，饥饿感袭来，几乎要被冻僵了。我将手伸到口袋里摸出面包，细细咀嚼，下颚与上颚急促地运动着，就像对黄丝巾发表演说一样。黄丝巾僵直地站在我旁边一言不发，但难掩那副乞求的姿态。

"更深、更成熟的怀疑主义的世界观能令您幸福地用最客观的方式去探究关于幸福的真理。是保护您不受低级感动影响的坚固铠甲。成熟的怀疑主义、聪明的拒绝可以令您在对事物（此时的事物应该是夹香肠的一片面包）感兴趣的同时，还可以考虑深刻而客观的真相，那就是我不想与您分享这块面包。您的这一世界观可以保护您不至于陷入失望，假如我要与您分享的话，一定会带给您失望的。假如我给了您一个我们所说的事物，但再过一小时、两个小时，最多过六个小时——您又会感到饥饿，您会再次被迫要吃东西。幸亏您明智的、客观的、怀疑的世界观保护您不受失望和低级感动的影响。"

"但是我考虑到您处于极度饥饿中，以及我们还不知道要在这里等待多久这个事实，我真诚祝愿您健康无恙。"

他没跟我讨论，一把抢过那面包片，拼命地吞咽着，咆哮声在附近的森林中飘荡。显然他是把论据扔到了脑后。

六、大捕猎

就这样，我们在上一章所描述的环境下来到了 N 镇。尽管又冷又累，当雪橇经过镇关卡之后，我还是充满好奇地观望四周。原来 N 镇——我要去捕获的那头骡子所活动的区域看起来是这样的啊。找到这个标本去研究它，如 N 镇的村民在请求书中特别强调的那样——收服它，正是我此行的目的。

上一章的主人公——我的同行者很快就与我告别了。在长途旅行之后的那份疲惫和困倦让我感觉眼皮像灌了铅一样无比沉重。我终于到了被安排好的酒店，进了房间，我仰卧在床上，考虑着行动计划。捕猎和科研的设备：网、骡子测试仪、骡子实验材料等等都乱七八糟地摊在地板上。我不知何时睡着了。

晚上我去踏勘了野兽出没的地域。根据那位请愿代表给我提供的信息，我来到市政厅。这里有他一处窝点。我发现门房看守的大门竟然没有关。在空荡的走廊里回响着我沉闷的脚步声，尽管我已经努力控制着步伐。在微弱的灯光下首先映入我眼帘的文字有："从秘书室进入""禁止""通告"。我觉得自己就像在夜晚闯入了猛兽的领地，在它的老巢周围游荡，仿佛看到了熟悉的树木和倒下的树干……

到了！一扇高高的棕色大门，门上挂着白色牌子，牌子上印着黑色的字——"表格和申请办公室"。

我回到酒店，躺下睡觉。梦中出现的尽是角马和羚羊。

醒来时一睁眼看到的是酒店的侍者。他按照邮差的习惯，一只手脱帽向我行礼，另一只手里拿着一张折起来的信纸。

我收到的是去N镇国民议会的通知函，上面写了上午十点，到某间办公室。

酒店侍者无法向我做出任何解释。

我至今仍清楚地记得我九点钟之前的一举一动。刮胡子、向窗外张望、穿上高筒靴……我没有感到任何不安。我甚至对这种巧合感到十分满意（我认为，这一切就是巧合），这个巧合将会把我带到捕猎之地。

直到我心不在焉地看了下门牌号，接着发现白色门牌上的黑字是"表格和申请办公室"时，我才回过味来。

是他决定先发制人了。

他的战略简单而大胆，显然他已经提前知道了骡子学家的到来，觉得不能坐以待毙，必须选择主动出击。他这一手的确赢得了先机，我处于毫无准备和抵抗、仓促应战的状态，被动地等待着政府部门的传唤。

我感觉自己就像一位距离狮子只有十步之遥，却忘记带猎枪的猎人。

几个小时后，我镇定多了。我觉得他有一点失算了。这位老手喜欢跟我来一场白刃战，并以漫长的等待来瓦解我的斗志。他使用刀尖还是非常娴熟的，对此我十分信服，他同时还观察着前来办事的人们。我看到，这些人有的在嘴里嘟嘟囔囔地咒骂，有的呆若木鸡，有的突然跳起来，大喊着"该死的！"就跑了出去。我意识到，在我所处的境况下，这种等待对我来说是有利的，我可以借这段时间安静地做出准备。

然而我又发现，我对他做出的判断还是有失偏颇。直到午饭休息时间他只处理了两件事。下午的情况也没有太大的改变。我怀着无比坚定的决心等待着，直到我的钦佩之情油然而生。这就是样本！这才是真正的巨兽大猎捕！

令人意外的是，大概四点钟的时候，维持秩序的办事员喊了我的姓名。我等得两腿发麻，蹒跚着走进了棕色大门内。房间内散发着橡胶的气味。过了一会儿我才发现，那个坐在办公桌后面的人就像是用橡胶做成的一样。他身材正常、体格健壮，并不老迈，只是总给人一种用橡胶做成的感觉。

交锋开始了。

第一个回合，他首先企图用我没有带来祖母的出生证明来打倒我。然而，后来我发现，这只不过是他信手一击而已。我弱弱地用几个通常的证明文件来抵挡：工作证、工会证、居住证。他甚至没有质疑这些，这让我看出了凶险的苗头。这意味着，他为我准备了更厉害的东西，根本不屑于纠缠这些原始初级的玩意儿。

他开口说话了，最开始还是随意地谈到我的波兰公民身份问题，话锋一转提到了我住酒店所需的居住证明。原来是在这里等着我！

他非常平静，开始系统性地全方位对我实施打击。

他向我证明说：没有印花税票（我只能在周一才能拿到税票，而那天是周六）的话，我就是个零。他只是淡淡地与公民权的事情联系了一下，点到即止（我觉得，我知道他指的是什么。在我没有带公民证明的前提下，就意味着我急需为自己申请一个公民证明，而提交相关申请当然是递到他手上）。他用某个身份证明从侧翼奇袭我（要证明我就是我），从上方用伤寒防疫证明强攻我，利用我意识不清的时机，又用某个要在全县消灭狂犬病的通告痛击我，其实我作为一个访客，这一通告与我没有半点关系。

他让工作人员给他端来一杯水，喝了一口提提神，然后才转向申请内容本身，就是"允许在永久居住地之外的地方提交申请"的申请。他又开始自由发挥，强调在公民信息和证明迁移的事情上保持积极的努力，又顺便谈到了华沙专门为确认某些证明材料而成立的这个部委、那个部门的所在地——这些努力是为了三个方面的目的，分别是……

过了一段时间，他好像缓和了一些。我睁开眼睛，看到他正在跟第三个人讲话，之前这个人并没有出现在房间里。

这个站在办公桌前面的人身穿灰色大衣，忧心忡忡地揉搓着帽子，一副令我颇感熟悉的面孔。他用柔弱、胆怯的声音对他解释道：

"官员先生，您弄错了。您此刻用来解释的条款，至少不在《法律公报》三/四十七条中，然而可以在《拿破仑法典》中找到某些间接证据。"

"如果这样的话，那请您提供小学七班的就读证明吧。"

我竖起耳朵。这位先生一定有麻烦了，那位巨兽又开始将要求扩展到可笑的道德证明。如我亲眼所见，这可是下三烂的招数。

"很遗憾，我们关于行为方式的立法中并没有在这种情况下出具道德证明的规定。然而类似的规定，仁慈的官员先生，您可以在《查士丁尼法典》中的这部分找到……"

我简直无法相信。这位谦逊的申请人发起了攻击，而他躲在自己桌子后面，进行着防御战。他用剩余的力量自卫，他说道：

"还有从烟囱工那里开具的彻底清理过烟囱的证明、月亮三次变成金色的证明、见面没有伸手握手的证明……"

他急促地解开衣领。胡言乱语着。

"很遗憾。"当官员先生变得如此礼貌，灰色先生手里拿着《汉谟拉比法典》的某一章继续着……

这真是伟大而动人的奇观,就像汪洋大海上的火灾一样。我亲眼见证了灰色申请人对他的征服。

我拉近距离打量着胜利者,此时我才认出是谁。

"阿尔图!"我喊道,张开了双臂。

是的,这就是阿尔图统帅。这个超人在收到我的电报之后,立刻停止了疗养,赶来N镇。从酒店招待那里得知了我收到的公函时,就断定我陷入了陷阱。于是他乔装成申请人,来到这里,在最后时刻拯救了我。

我俯身靠近他。

"你们不知道我是谁。"官员还在嘀咕道。

"我们当然知道。您是政府官员,应该完成社会责任。是社会给了您存在的意义。这扇棕色的大门、这办公桌、这所有的一切都应该服务于社会。噢不,您既不是皇帝,甚至也不是枪骑兵!"

当他得知自己实在是不值一提时就昏了过去。我们快速把他带到了酒店。在酒店的房间里,我们在骡子仪器的帮助下,完成了对他的科学测量和骡子学试验等诸项工作。我们的劳作异常辛苦,因为这是个硕大无比的样本。

七、摩尔和乌沃夫斯基

　　这段辛苦的经历令我大病一场，我几天都没能离开房间。阿尔图统帅一直在身边守护着我，给我读书，讲述最新的逸闻趣事。我再次确定，他是把我当作最真挚的朋友了。

　　因此我们在N镇又多待了一段时日，直到我的健康状况有了明显好转。

　　某一天，当阿尔图统帅出去买东西时，酒店招待告知我，某位老妇人强烈要求见我。

　　"是谁啊？"我问道。

　　"非常诚实的一位妇人，当地的。想就她儿子的事请您出出主意。"

　　我感觉到，这件事可能与骡子学有点关系。因为在N镇我只是作为骡子学专家而知名，关于我们最近胜利的消息就像闪电一样在小镇中迅速传开了。所有一切可能推动我的科学研究的事情，都会激发我最大的兴趣。

　　这位老妇人非常可亲。她告诉我，她十分担心自己的儿子。她讲述的儿子完全是个普普通通的中年人，一直以来都完全正常。

　　"直到不久前，不幸降临了。"她叹息道，拿起手绢擦着眼睛。

"没事，没事，只要告诉我，他怎么了。"我努力安慰着她。

从她翻来覆去的话语和她所描述的事实中我大概总结出了他的病症。

她儿子染上了非常奇怪的病症。从来不使用人称代词"我"。还不止这些，他永远不使用动词的第一人称单数形式。这造成了非常复杂的困境。对于如下问题，譬如："你要做什么呢？你去吗？你将会在那里吗？"他不会给出正常而简单明了回答："我要做什么，我要去，我将在那儿"，而是给出花样百出而又复杂混乱的回答，纯粹是答非所问，比如："为谁上路，在这个那个时间，向前啊，生活是沉重的"等等。他这种对所有可以被认为是阐述自己观点的主观表达的恐惧，让爱他的母亲感到非常担忧。

我对老妇人说了几句通常的安慰话语，并承诺一定会接手此事，就送走了老妇人。当阿尔图统帅回来后，我将此事一五一十地告诉了他。

"这怪病是从多久前开始折磨他的？"他严肃地问道。

"从他走上了当地的某处企业领导岗位之后。"

"那么事情就明白了。"

他向我阐述了自己的观点，我对此完全同意。

我们本来计划，明天就要离开 N 镇的，但对这位可怜的老母亲的同情和科研的热情驱使我们留了下来。我们在治疗方法上存在着分歧。阿尔图统帅希望采取比较激进的休克疗法，我则更倾向于循序渐进的保守疗法。一番权衡之后，考虑到我们不能过于拖延归期，因此我也同意了休克疗法。

第二天黎明时分，我们就已经出现在了病人担任领导工作的企业办公室里。

这是一家生产木桶的企业，成品桶被装车运到附近的 S 车站。每天有成千趟装满木桶的车驶向那里。

"您是总经理？"在走进病人所在的总经理办公室时，我们直截了当地问道。

我们的病人（如我之前说过的——他看起来是个正常的中年人）在惊疑不定中蜷缩成了一团。

"是如此温存、是如此真挚——但愿上帝庇佑，他也是像我一样爱你的人。"他引用了普希金的著名诗句做了回答。他可真是狡猾。他引用了这句含有三个"是"字的诗句，用朗诵的方式聪明地脱身。

"我是监察办公室的代表！"我干巴巴地声明道。

"我是特别委员会的督察员！"阿尔图统帅自我介绍道，"你们想看看我们的授权批文吗？"

有几秒钟，我们觉得他要崩溃了，那时我们的计划就派不上用场了。然而病人只是努力想说出几句在此刻与整个木桶企业关联度最小的话语。因此他开始哼起了莱哈尔的华尔兹曲调。

"那么我们就说正事吧，请出示你们企业的账本。"我冷漠地说。

"我的祖父当年二十岁……"他现在又唱起了《来自蒂罗尔的狼蛛》① 歌剧片段。这位可怜人做着各种努力，为了不让人觉察出谁是领导。

我们埋头于这些账本中认真翻阅，其实不管是阿尔图统帅还是我，根本就看不懂这些天书。而在我们看账本时，他一直手拿抹布，在房间里东擦擦西抹抹，还时不时地去浇花。

"是谁发出指令，发出这几百车木桶的呢？"阿尔图统帅问道，用手指随意地一指——"是您吗，经理先生？"

有那么一会儿，我感觉他好像从房间里消失了一样，变得微不可查。然而，由于他没能成功地钻到地下，他最终决定留下来了。

---

① 奥地利歌剧作曲家卡尔·采勒（1842—1898）创作的三幕轻歌剧。

"我的天呀，这里人来人往的，谁知道呢?"他终于说话了，想搪塞过去。

接下来，我们煞有介事地检查账本，不时地向他抛出尖锐的问题。他以梦呓似的只言片语、微笑或者唱歌来作答……他甚至还想向我们展示他去布科维纳旅游的照片。我们惊叹他的精湛技巧，居然可以这样不承担任何责任、不做任何决定、不伤害任何人。真是个极好的样本。

最终我们去视察企业现场。我们参观了木板车间，经过堆满铁环的车间，还去了压扎车间。路上他向我们讲述了他的童年，当年参加童子军的经历，以及在小学时有一次如何抄袭别人的数学题，又被老师抓个正着的事情。而我们毫不同情地将话题引回到木桶、车皮、工作人员的生存条件上。他再次蜷缩起来，我确信，在他身上随时都会长出百合花的烙印，就像大家所熟知的一样，这是圣洁无罪的象征。

我们逐步地向他施压，直到图穷匕见：

"我看到这里有'摩尔'系统生产出来的自动桶底!"阿尔图统帅粗暴地说，（这个系统当然是阿尔图杜撰出来的。不管是他还是我，就像前面提到的，对木桶毫无概念。）"我认为，应该立刻停止用'摩尔'系统生产木桶，改用'乌沃夫斯基'系统。你，经理，你怎么认为？"

"然而我坚决反对，"在统帅发表完讲话后我接着说道，"我认为，不管是'摩尔'系统还是'乌沃夫斯基'系统都不适合，唯一带有自动制版技术的'林德乌姆Ⅱ型'系统才是适合工厂大规模生产的。但还是要总经理来决定。经理，您的意见如何呢？"

我们吃惊地四下打量，不知何时他已经消失不见了。

"喂，喂！经理！"我们开始找他，"喂，喂！经理请您出来！"

"我们必须结束了，"阿尔图统帅最后说，"太难了，我们没有成功。我们本来预期是，要么他挺住，要么被我们治愈。最终他还是没挺住，这就难了，没办法。"

我们找了他很久都没找到，这让我们非常不安。

"需要向他挑明，我们真正的身份，"我最后断言道，"不然我们永远也找不到他，或者也可能他发生了不好的事。可能他无法承受那些'摩尔'、乌沃夫斯基'、'林德乌姆Ⅱ'木桶。"

阿尔图统帅把手拢成喇叭状，喊道：

"喂，喂！经理，请您出来吧！我们根本就不是监督办公室的代表和特别委员会的督察员！我是阿尔图统帅,这是我的朋友姆罗热克!"

后来发生的事情,完全出乎我们的预料。

离我们最近的木桶盖子打开了,我们的经理从里面钻出来,但完全变成了另一副嘴脸!他的下巴拉得很长、一副强硬而坚定的表情,就像我们在精力极其旺盛的人身上看到的那样。声音也变得低沉而雄浑。他的整张面孔都闪耀着坚强的意志和坚定的决心。

"立刻给我从这里滚出去!"他喊道,"我是这个工厂的负责人,我是总经理!我可没时间跟你们瞎闹!这些木桶只不过是用来装酸黄瓜的普通橡木桶。"

直到跑出大门外时,我们才回过神来。我们感到非常满意。我们采用的方法,尽管是以我们意料之外的方式进行的,但却达到了预想的结果。只是我们不确定,治疗带来的是长久性的改变还是暂时性的改善。

吵闹声从我们身后传来,是总经理在发号施令,他要召集生产大会,进行系列改革,在人员配置和减少生产成本方面进行重要调整。

我想到了他的母亲。这位老妇人应该会感到欣慰了吧。

八、阿尔图统帅的离去

我们终于可以了无牵挂地离开了。令我更着急回去的原因,不仅是因为在故乡有我心爱的办公室、实验室,有我安静但忙碌的工作,在我经历了这么多曲折后,我很渴望回到这样的环境中;还有一个原因是那里还有小帕维乌·高山斯基,其实关于这个人,我之前就应该交代的。我对他有着一定的义务。

我认识这位小帕维乌·高山斯基的过程是这样的:一位身穿深蓝色衣服的小伙子送了一封信给我,这封信大致的内容如下:

尊敬的教授先生!
　　我向您提出一个重大的请求。我们很关心自己儿子的教育,希望他拥有所有知识领域的必要知识。因此我们请求您,能为我们的儿子——小帕维乌·高山斯基讲授一下骡子学领域的知识。小伙子很聪明也很努力。我们相信,您一定懂得如何对待他。我们也知道,先生您的时间非常宝贵,然而我们还是渴望,您能抽出一个小时或者两周的时间教教我们的小帕维乌。

致崇高敬意！

　　　　卡塔日娜和艾尔内斯特·高山斯基

　　我打量着小家伙。然后向他提了基础骡子学领域的几个问题。所有问题他都回答得正确无误。

　　我考虑了一下高山斯基夫妇的建议，决定接受这份委托，如果小帕维乌展现出超常才能的话。很久以前我就考虑过培训一批最年轻的人员梯队。当时人们还并不了解教授骡子学的大众义务，而骡子学系和我的教研室只是集中了学院内的一些年轻人。我想有一批更小的学生，让他们能从小就珍视我的著作。

　　小帕维乌表现出了极大的兴趣和不凡的才能。就这样，我成为了他的导师。

　　我现在担心，对他的教育暂停了这么久，会不会对他的进步产生了不好的影响呢？

　　我还必须讲述一下与小帕维乌·高山斯基这件事相关的某个细节。

　　在我开始给小帕维乌上了几个月课之后的某一天，小帕维乌没来上课。高山斯基女士（帕维乌的妈妈）登门拜访，说小帕维乌感冒了，无法出门。我接受了她的请求，答应到他们家里去给小帕维乌上课。

　　当我走进高山斯基一家所居住的大楼时，楼道里非常黑，灯也没有亮。我在楼梯前停了下来，想要看清住户名单上标示的具体门牌。在火柴微弱的光亮下，我注意到，有一个人正弯着腰躲在通往地下室的楼梯旁。当他发觉自己被看到时，迅速把脸转了过去，一溜烟似的跑到街上去了。但我还是记住了他那银色的连鬓胡子。

给小帕维乌上完课之后，我被邀请留下来吃晚饭。小帕维乌的父亲，艾尔内斯特·高山斯基并不在家。饭桌上我们天南地北地闲谈着，突然我的视线落到了一幅肖像画上，画中人是一位留着连鬓胡子的消瘦男子。

"这是我丈夫。"当女主人发现到这幅肖像画给我带来的强烈冲击时，她解释道。

我从来无缘见到高山斯基先生。

我可能无须描述，我与阿尔图统帅一道回到我温馨的办公室时是多么愉悦，简直是心花怒放！在经历了这些天的奇遇，执行了刺激而高强度的行动之后，再次看到自己的家，这里一切依旧。只是再经磨砺的我们归来了，可以继续在安静和平淡中总结这些得失。

我们为能够在这些危险的境遇下获得一个完美的结局而振奋不已，这种如同过节和休假的愉悦心情一直持续到第二天。第二天清晨阳光明媚，百花争春，我们决定到城外郊游，在开始下一步的工作前最后放松一下。

我们来到附近一座名为"大黄蜂山"的小山，这座山正因无数的大黄蜂在那里筑巢而得名。从山丘可以望到四野的美景，城市、蜿蜒的河流、缭绕在地平线上的薄薄蓝雾和一望无际的天穹尽收眼底。我们怀着满心的欢愉，无法形容的清新感受就像五月里早晨的露水。我们像孩子一样在森林间的空地上恣意狂奔，而后又眺望远方陷入沉思。最终我们登上山顶，那个被白色桦树林装饰得美丽异常的所在。

"嘘！"我的朋友突然压低了声音，拉住我的胳膊道，"那里有人！"

从小空地处传来了一阵似乎是吵架的声音，时而如发怒和恫吓，时而又充满欢快和热忱。

我仔细地透过树枝向空地望去。看到的画面让我感到无比惊讶。

沿着小溪来回踱步的那个男人是小帕维乌·高山斯基的父亲——艾尔内斯特·高山斯基。他一会儿不知挥拳威胁着谁，一会儿又疯狂地鼓掌。

"我们走近一些，"统帅建议道，"听听他说什么。"

我们小心地靠近，直到能听清他说的话：

"无赖！纵火犯！小偷！"他喊道，"我展示给您看，艾森豪威尔先生！阿登纳你这头野兽！除非我死了！"

过了一会儿，他变了话题。安静下来，步伐放缓，将手背到身后。

"嗯,嗯,这是居民聚居区——根本不是坏事,完全不是坏事。只是北边的这部分规划我认为有点动机不足。主任,我建议修改!公路通道应该坚决地挪走,而文化宫……"

之后他又发表了自己设计的冗长的修改方案。

接下来再次攥起拳头,愤怒地吼着:

"这个'美国之音'真是可怕的垃圾!一群白痴!"

阿尔图统帅拽了一下我的胳膊:

"那里也有人!"他小声说道。

在旁边的灌木丛里坐着的人是小帕维乌·高山斯基,他给我们打了一个手势。我已经见怪不怪了,只是靠近他,问道:

"这到底怎么回事?"

"我来解释一切,教授先生。只是我们还得再往后退一点,别让我父亲看到我们。"

我们向后退了几步。

"讲这些对我来说很困难,"小帕维乌说道,"但我还是尽量把我所知道的都讲出来吧。我很久以前就注意到,我父亲在躲着您,教授。尽管如此,他说起您的时候总是带着最高的敬意。随着我在骡子学上不断进步,某种怀疑就开始困扰我。你们能想象到我的困境吧!我开始自己测试。我得到的结果令我既担忧又欣慰。我发现，我的父亲的确是个骡子，但他是一个'人工骡子'！"

小帕维乌停顿了一会儿，我惊叹地看着他。假如这个小伙子已经懂得创立自己的学说，那么等待他的将是不可估量的未来！

"是的，他是人工骡子。他自己知道此事，并向我保证说他还没有迷失。当教授您开始给我上课时起，他就在两种矛盾的感情中挣扎——父爱和对败露的担忧。他想给我最完整的教育，但同时又担心我在骡子学上不断进步。得益于您的教导，我开始认清现实，哎，可悲的现实！

"当他得知您要来拜访我们时，他的担心达到了极点。对于我，他还可以期望着，我只是经过了基础骡子学的培训，还没有那么精湛的辨别能力，但教授您肯定会毫不犹豫地立刻辨识出他。所以他开始躲着您。"

"说重点，小帕维乌！"我打断道，"他担心什么？要知道我们可以给任何人提出建议！"

"我来列举具体的症状：我父亲是受过良好教育的专家。而他工作的办公室却乌烟瘴气，杂乱无章。我父亲知道该如何整理、该如何提高工作效率，如何更好地完成工作。只需要发发言、四处转转、多付出点时间、监督一下、仔细检查一下就可以了……"

"但他不这样做，对吗？"

"正是。他只是看着拙劣的工作而生气。在咖啡厅对熟人们讽刺地讲述着这些乱象。他挥动着胳膊，大声咆哮。他对所有人都这样。要知道他是个明白人，明白我们现实所处的真实状况。尽管这样，最好的情况下他才会选择沉默或者不赞成地皱着眉头。"

"为什么？"

"因为在他内心受着个人主义不良残余的折磨，又可笑地担心着被人说是随波逐流。他害怕谁说呢？害怕虔诚的姑妈和咖啡馆里熟悉的傻瓜。"

从森林空地上传来艾尔内斯特·高山斯基更响的愤怒叫喊。我问小帕维乌："这孤独的叫喊意味着什么？"

小帕维乌感到尴尬。

"你们看到，我父亲无法抑制住不去表达自己的想法。因此他寻找可以表达自己观点的出口，他希望既不会引发任何来自咖啡厅熟人的挑衅，也不会在公众事务上有任何积极的举动和过激的冲动。比如今天，在这片空地上，他用半个钟头的时间臆想着某个无能的领导，指责他在北部居民区设计上的失误。而当他回到家，穿上拖鞋，还将继续喝着加奶的热茶。他经常来到这里，在仔细检查确认没有别人后，他开始发怒或者展现狂热。在现实世界中他不会对人群就任何事叫喊。他认为，与别人在一起的行动会束缚着他的个性。"

"滚，万岁！"自空地后方传来一声响亮的叫喊。周围风声窸窣、小鸟啁啾。

我们沿着原路返回。阿尔图统帅沉默着，陷入了深深的沉思。终于，他指着山下华灯初上的城市说：

"我不再往前走了。我已经做了我能够做的一切，我陪你经历了这么多的冒险奇遇，不止一次地帮助过你，我承认。但是我觉得，我无法再帮助你了。当你回到城市，你还会碰到各种事情，那些我大概就无法解决了。我该回到自己的旅程了，也许会出国？那里有那么多的骡子等待着被智取。我恐怕会搞砸这一切的。

"你去给自己找其他的朋友和帮手吧。就此别过吧，我们已经共同走到了我的边界。"

我还没有来得及阻止，他就跳入灌木丛消失了。

我亲爱的低等生物们*

星期一

亲爱的儿子：

前阵子你问我最近日子过得怎样，我只能无奈地向你承认：糟糕，实在是糟糕透顶了。

糟糕到我甚至打算在给你写这封信时，一改以往的行文风格。你应该还记得，我以往给你的回信都十分简短——甚至都称不上是回信，但那也是因为你之前就没有在信中清清楚楚地表达过自己的疑惑。当然，也可能是因为你在我还没病没灾时，就总是惦记我的健康问题，所以我就没能注意到，你其实也是表达过疑惑的。我也不知道，你是否真心期待我能给你一个积极正面的答复。直到我身体确实出了毛病时，我才意识到，你究

---

* 标题系作者创造的新词，构词方式与某些生物学名词类似，指没有伪足的单细胞低等生物。

竟有多么在乎这种坏消息。这是否意味着，我在责怪你的冷酷与无情？是否意味着，我仅能指望通过坏消息来刺激你的神经？还是说，我在责怪你听到好消息时提不起兴致，反倒是有了坏消息就幸灾乐祸？然而，我并不是这个意思，恰恰相反，你对我的感受如何，我不怎么放在心上。只是现在我感到心烦意躁，我在为自身感到担忧的同时，也希望其他人，当然也包括你，为我感到担忧。

多年来，我所思虑的，仅仅是我自己。倘若这种思虑能始终自洽，既充分又完整，就不至于显得如此拙劣不堪、扭曲反常了。但是，无论你会从怎样的伦理道德层面出发，我现在都不为此感到后悔。我现在决心对你敞开心扉，虽然依旧只是谈论我自己，但也并非与你毫无瓜葛。因为如果不把你牵涉进我的自我思虑中的话，我就总感觉其过程有所欠缺，但也仅此而已。以上的看法虽过于赤裸裸，但起码也表明了我写这封信是出自真心的。我不敢肯定，我对你的关心是不是父爱的体现？恰恰相反，我是想通过对你的关怀，来获取父性。否则，这种父性便会有所欠缺，你我之间的代沟亦会由此而加深，误会也将不减反增。这种"父性"应该有个说法，姑且称之为"荣誉父亲"吧……这么说吧，如果一个人，他本身并不是一位学者，却拥有大学荣誉教授的头衔,他会认同自己是位真正意义上的教授吗?可以肯定的是,在这种情况下,即便是极度傲慢自大的人,也会质疑自己的。简而言之,我之所以会担心你,并非因为我是一名父亲,而是为了使自己能成为一名父亲,但我是父亲这一事实已无法改变。你也许会说:太晚了吧?可对我而言,还不算太晚。

  因此,我对你感到特别担忧。但我很难做到既阐明担忧的理由,又不对你的心灵造成创伤。想必你也能猜到,我并不担心你学业不精(虽然你可以取得更好的成绩),也不担心你的生活条件(你的日子过得并不比你的同学苦,虽然他们在令人垂涎的知名单位工作,但我告诉你,他们的职位都是内定的)。我更不担心你的前程,关于这点,我可得邀下功了。多亏了我,你的未来才有所保障。我之所以要写下担忧的原因,是因为我非常清楚,不管你自己有多么心知肚明,同时又为此感到多么难受,当然难受程度绝不亚于我,但你不仅在我面前,而且在世人面前,你都不会表现出来的。虽然……不,这绝不可能。你肯定知道我在说什么,你也必须知道。你肯定常常照镜子,时不时会把自己的相貌和别人进行对比。你还发现自己总能引得路人侧目。你又不傻,这件事早已无法隐瞒了,毕竟你都长那么大了,早就不是个孩子了。所以,我的儿啊,说得委婉点,就外表而言，无论是相貌，还是身材，你都很丑，丑如鬼魅，近乎畸形。

　　既然这是铁一般的事实，我也就没必要隐瞒了。或许你会很惊讶，再怎么说，我也是个父亲吧，怎能如此不留余地地抨击你的容貌，而且还毫不修饰？为何我的双眼丝毫未被父性的光辉，以及受过些许伤害的傲慢所蒙蔽呢？读完这封信之后，你就会明白了。现在我最多只能告诉你，没人能像我一样，对美与丑的问题，以及和美、丑有关系的一切人与事物都如此执着。再者，在我还是个孩子时，这种倾向就呈现出来了。说白了，无论我做出怎样的努力，我的生活与美丑问题就是无法完全分割开来。我的人生，如今已别无他求，仅仅剩下这个领域的渊博学识和丰富经验罢了。

　　我给你写信，不是想给你制造痛苦，更不是为了在你面前开脱罪责。我承认：很大程度上，我信中的文字，乍一看，就像是在为自己开脱罪责一般，但这至少也能给你一个还算清楚的解释吧。在解释清一切之前，我不想离开。无论如何，我都希望你能理解我。（说不定还可能谅解我？）但我写信给你，主要是因为，你是我自身问题的延续。为了寻找问题的答案，我苦尽一生。我一度甚至认为，问题早已远去了，但它仍是阴魂不散，化作了你的模样，再度返回。你早该意识到，你的长相不可能是从我这儿遗传来的，毕竟，我的这张脸还不算难看。很抱歉，我不该提及这个对你来说异常残酷的话题。但是，长痛不如短痛，我们终须直面它。所以说，似乎只有把原因归结于某个人身上，解释才合情合理……那究竟应该是谁的原因呢？想必你已经猜到了，但我们还是换个思路吧。毕竟，你降临世上，也是拜我所赐。那么是谁生了你呢？答案显而易见。但出于什么缘由？为何偏偏是她？这不是三言两语就能解释清楚的。我为什么要选择她？显然，不是为了报复你，毕竟你那会儿还没出生。现在，我打算给你一个合理的解释。

想必你常常会感到困惑，为什么我当初会娶了你母亲？为什么在茫茫人海中，我偏偏要选择跟她结婚，这该怎么给你解释呢……是因为她毫无美感可言？这不是最主要的原因。来吧，让我们敞开天窗说亮话，只是不要太过于离谱。我们可以换种措辞：你的母亲，是一个天生的丑八怪。"天生"一词或许赋予了这句话另一层含义。哎呀，我的老习惯又在作祟了，我总爱拐弯抹角、歪曲事实、偷换概念，但这次不仅是为了满足我的一己私利，而是实实在在为你着想。我心里很清楚，她毕竟是你的母亲，而我能这么直截了当、毫无掩饰地批判她，会让你感到很不自在吧。尤其是，这样子评价你母亲的人，不是别人，而是你从小就厌恶且鄙视的父亲。我没有要责怪你的意思，你完全有权利这样想。

那说到底，我是看上她哪儿了？她品性好吗？咱们还是别自欺欺人了，她不仅心肠恶毒、目光狭隘，还特别愚蠢痴呆。并且，她的这些品性特征无论是从其程度还是类型来看，都还达不到残障的范畴，否则，就会被赋予具体的尺度与特征，甚至是充满诱惑力的邪恶属性。实际上，她并不是这样子的。她只是心肠恶毒、目光狭隘、有点愚蠢罢了，跟那些还不算太丑的，甚至称得上漂亮的女人相比，没太大区别。在我看来，她的品性在女性中称得上是平均水平吧。她完全是由缺点构成，这是多么的纯粹啊，简直令人感到难以置信。除了缺点以外，她的其余特点，就都不能被称为特点了，它们是完全中性的，既不足以称为优点，又作为缺点的对立面而存在，只能说，它们把缺点淹没于平凡无奇之中罢了。

她原本的一切特点，无论是内在的，还是外在的，都不会对我娶她与否产生些许影响。但这不意味着，我明明已经了解她的这些特点，还要坚持娶她。我想说的是，我一点都不在意她的特点，有没有这些特点，对我而言都无足轻重，根本不在我的考虑范围内。然而，我最好还是事先说明下，我对她的缺点一点也不陌生，只是早已熟视无睹罢了，没什么新鲜的。但有一点我必须澄清，我不是个性变态，我是个百分百的正常人，你别怀疑我是否有某种病态的取向、反常的嗜好，我的身心都是十分健康的。你也不要认为，我看到恶心的东西，会产生莫名的快感，我也不是个天生的受虐狂。不要听信别人胡编乱造的。丑陋，对我来说，仅仅是丑陋，它会引起我最自然不过的反应：恶心。我还想补充下，我与你母亲结婚，是因为我对美这种东西尤为敏感，对美有着十分强烈的欲望，或许你现在更加迷惑了。如果我再告诉你，我选择与你母亲结婚，并非出于我对她的爱，而是出于我的自尊与自爱，你是不是就彻底懵圈了？因此，我暂时还不太想详细地叙述整件事的前因后果。那么，难道我是为利益才和她结婚的？简直是一派胡言。你也知道，你母亲的嫁妆，既非金银珠宝，也不是能帮助我踏向上流社会的晋身之阶，而这种不同阶层间的联姻之所以会常常发生，恰恰是因为多数人嫌贫爱富，或者他们考虑到能与上流社会保持往来，便能带来某些现实利益。你母亲的故事，其实也是许多其他人故事的翻版，关于这点，我目前也不便详细展开。可是，没有一件像样的嫁妆，既非正面论据，也非反面论据。你是第一个聆听我吐露心声的人，当时，你母亲的个人条件、家庭背景、社会地位以及你能列举的其他方面面的处境都十分不堪,因此,别说要和她缔结婚约了,即便仅仅是想与她结交,或是走得稍微近一点,都不是常人所能理解的行为。类似这样的行为,在当时会被认为是疯狂、勇敢、慈悲、变态、出格、怪异的……在列举完一切可能性,并将它们逐一排除后,我不得不开始细细述说我的故事了,在这之前所说的都只是一些开场白而已。我刚刚所说的话,或许能破解一些有关我,也有关你的谜团。或者,正如我所担心的,这些话只会加深我们的疑惑。

我还想申明一点,对我来说,要触及问题的核心难如登天。首先,我是父亲。其次,听我讲故事的人,也不太容易接受如此复杂的故事内容。如果我混淆了某些细节,或是欲言又止语焉不详,或是啰里啰嗦夹缠不清,以及我在克服自身障碍时,语气过于激动,那就请你好心原谅我吧。这请求或许有点过分,但并不难理解——如果仅靠蛮力与冲动,很难有办法克服这些障碍。

星期二

你知道什么是"测力计"吗?如今你或许还能在"游乐场"里找到这种装置,它就在旋转木马、射击场或其他新型游乐设施旁边。这种装置的原理非常简单:

人用拳头去击打皮垫,弹簧会把冲击力传达至指针处,指针在仪器的刻度盘上摆动,它指向的数字越大,表示拳头击打瞬间的力量也就越大。我第一次见到这种"测力计"时还是少不更事。"测力计",就其本身而言,与其他游乐设施明显不同,但它究竟能不能算是一种游乐项目呢?旋转木马、秋千、镜子屋、魔术表演都不对游戏参与者提出任何要求,而"测力计"则要求,参与者必须要独自面对挑战,并测量自己能力的极限。测量就像算术一样精确,毫无回旋的余地。这种装置,是地狱般的存在,预示着末日的审判。它是象征最高审判的悲怆图腾,是那么铁面无情,在玩弄与宽恕之间找到平衡,沐浴在随机分布的欢乐与虚幻当中。我认为,这个装置的发明者是加尔文①的后裔,他的骨子里深深地刻下了这样一条法则:人在出生时,就受到上帝的审判。于是,他便在本该荡漾着天真自由笑声的游乐场里,筑造了这样一个"救赎预定论"神坛,在那里每个人无须付出太高的代价,就可以将自己献祭出去。人们可以这么做,但不是必须这么做,这恰恰是问题的关键。要知道每个人都有权去回避"测力计",也包括

---

① 约翰·加尔文(1509—1564),法国著名的宗教改革家、神学家、基督教新教的重要派别加尔文教派创始人。

我。当我从远处瞥见"测力计"时,我顿时感到胃部一阵抽搐,似乎受到了命运的驱使,和某种直觉的指引。我究竟是谁?我想,此时此地,我须交出一份答卷。但我一直天真地妄想着,这一刻不会这么快来临,哪怕是来得再晚片刻也好呀。我惧怕考验,不是因为我身子孱弱,我清楚地知道自己确确实实是比某些人更强壮,是不是最有力量的那个呢?我却不得而知。

我想我的同学们也遇到过类似的疑惑吧,但为什么他们能迈着如此坚定的步伐,向"测力计"走去,而我却感到如此恐惧呢?

也许是因为,我的惧怕具有两层含义。我怕的不仅仅是要与他人进行同场竞技,还得打败别人;而且在那一刻,我还想要凌驾于气与水之上,时与空之上,太阳的引力与光谱之上。现实世界的组成部分,无论是独立的个体还是个体构成的集合,在我把它们联结成一个统一有序的整体之前,它们对我而言,都是毫无意义的。目前的世界,仍是由无意义的碎片所构成。把这些碎片粘贴在一起,不仅能赋予整体某种意义,还能使整体把自身的意义赋予其具体的组成部分。正由于有着这样的渴望,我才慢慢感到自己在活着,我可不能无意义地活着啊。我对外物的凌驾,正是实现上述联结的唯一手段。征服与超越。胜利必须是可以度量的,因此,"测力计"是摆在我面前的一项无法逃避的任务。拳头击打在"测力计"的皮垫上，我的力量促使"测力计"瓦解为一颗又一颗的粒子，这本身就是一种创造行为。从击打中诞生的，不仅有一切就绪的、结构紧密的世界，还有自我，一个不再模棱两可、难以定义的自我。在取得胜利之后，我将获得前所未有的、现实而具体的人格。现在，我仔细观察别人是如何克服犹豫不决的心理，去测试自己的力量的。有可能他们早已估算过，或者，他们被傲慢冲昏了头脑，并不屑于估算，抑或是从未考虑过，他们还可能得同场竞技。在我看来，后者简直让人难以置信。

  显而易见，那群人当中的相当一部分本应该知道，自己是毫无胜算可言的，至少胜算微乎其微，但他们就是这样地缺乏自知之明。在那群人中，能看到瘦弱不堪的中年男子，能看到周末才有空出来散心的公务员（他们每呼出一口气，都能嗅到啤酒和没有完全消化的白菜臭味），此外还有皮肤干瘪、满脸皱纹、孩子却还很小的爸爸们，以及那些脸色灰白的叔伯、舅舅们。这些人平常都坐在椅子上，他们坐过的椅子很多，数也数不清，这些椅子虽然不被人重视，却在我们的生活中扮演着重要的角色。青春的优势就是，我们还没来得及转变成人，人的四肢从躯干长出，尾椎骨在身体对称轴的位置上，四肢与尾椎骨相比，也是具有相同性质的生理结构。这些人如果缺失了四肢，看起来就会有点像残障人士，但他们脱下西装外套、卷起衬衫袖子时，又那样地充满活力、神清气爽，脱下的仿佛就是自己的皮肤。他们大声呵斥妻子和孩子，调整一下裤子的吊带，用自己肢体的末端来击打坚硬的皮垫，围观的那一群则不怀好意地议论着他们击打的成果。我不知道该如何用其他方式来解释我所看到的，只能归结于他们的自负，也许那不是自负，我看到了他们心存侥幸，满怀希望。无论在何种情况下，希望才是一种最具有人性的动机，我想说的是：这种动机是温和的，对周围环境无害的。完事后，他们放下袖子，披上此前扔给妻子保管的外套，然后怀有些许报复心理，悻悻地开始嘲笑起后继者来。

患得患失之下，我一拖再拖，迟迟不肯做出决定。获胜的欲望虽然已经很强烈了，但我对失败的恐惧却仍占据上风。结果便是，我还没能获得胜利，却依旧能苟且偷生。要知道，我绝不容许自己继续承受着失败的痛苦活下去。只要还没经历失败，胜利就一直有可能出现，唯一的条件，便是不要轻易去做出尝试。因此，我不能接受失败，对我来说，反而是莫大的荣幸，但为什么他们就能甘心接受失败？我是雄鹰，而他们是奴隶。这种解释流露出了我的傲慢心理，那就让我们忘掉这样的解释吧。问题的关键是，我是怎样定义失败的：一切不能被确定是绝对胜利的结果，都可以视为失败。这样看来，我可算是个小极权主义者啊，大多数人崇尚适量原则，而我在芸芸众生中就显得卓尔不群。在我的同学们都一一在检验自己力量的时候，我站在一旁暗中观察。我发现，他们缺乏那么一点雄心壮志。天啊！这可能吗？这怎么可能？因为我想不明白，他们怎么就不能像我一样，感受到希望与担忧呢，怎么就察觉不到这种测力计式的行为背后所隐藏的责任感呢——我着实钦佩他们的勇气。

我觉得自己比不上他们，准确地说，是比不上他们的勇气，而绝非力气。我仔细研究了他们的测力结果，我确信，想要超越他们，简直易如反掌。但这又如何？没人知道我力气大。当轮到我击打时，我总是故意找借口推搪。自此，我不再是他们群体中的一员了，他们将我的逃避视为我软弱的表现，对此我也非常遗憾。要知道，迄今为止，我既没证明自己的软弱，也没证明自己的强大，那他们凭什么视我为最软弱的人呢？

遭遇到他们的蔑视后，我便与他们断绝一切联系。独身一人在"游乐场"里闲逛。但我对"游乐场"里的大滚筒、鬼屋或是蛇女已完全提不起任何兴趣了。"测力计"才是我唯一的关注点，它俨然已成为那个众所周知的、撬动地球所需的支点。

星期三

我与同学的不同之处在于，我只愿为漂亮的女人献出贞操，而他们则没有过高的要求。当然，这并不排除是我的虚荣心在隐隐作祟。我希望别人不仅羡慕我献出贞操这一结果，还羡慕献出的过程，此外，我还有另外一些更深层次的动机。对我而言，一件事，如果不能满足适当的环境条件，就不能称之为事实。这里指的，不仅是献出贞操本身，还有额外的肉欲享受。人们普遍希望这些事实能够具有某种特定的附加性质，而非广义的概念。在日常交流中，当人们谈起"天气"①，一般都是指"好天气"，而非随便的某种气象环境。当人们说到"吃饭"时，指的多是三菜一汤，或两菜一汤的饮食，用餐环境至少也得过得去，而不是指在垃圾堆里啃骨头。然而，在别的情况下，事实总得服从于某些条件标准，否则，就不足以将它称之为事实。在情欲方面，尤其是第一次性爱，总的来说，要求并不高，最多就要求要掌握某些机械式的动作，纯粹的生理反应都已不算

---

① 波兰文中，天气一词还专指"好天气"。

在内了。在谈论死亡时，也是同样的道理。当机体失去维持生理平衡的能力时，就预示着死神的降临。但事情真的那么简单吗？对于死亡，这种条件真的足够充分吗？濒死之人的梦境里也有死神吗？他知道自己正蜷缩在死神的怀里吗？很难回答这个问题吧。至少有一点还是清楚的，人之死也分轻重难易，一个人是否处于死亡的状态当中，全都取决于死亡发生时的环境条件。被判处柱刑，身体被插在集市的木桩上，在众目睽睽下慢慢死去的人，对死亡的体验，比起痛痛快快被枪毙的人来说，绝对要更深切。死刑，之所以是一种惩罚方式，正是因为它所承载的死亡的分量比起肺炎更重。肺炎作为一种疾病，虽也能致死，但人们无法准确预知，患上这种疾病是否会死。以何种方式来迎接死神，这是关乎每个人的问题。再者，死亡和神秘的爱情，都绝对比天气或饮食重要。这也就更难让人理解，在这两种情况下，环境条件作为一种判断事实的标准，为何就显得不那么重要了呢？

这样看来，我在争取某种资格的同时，什么也没有做，我做的仅仅是根据规则来看待特例，这也使我自己成为了特例。

当然，我这样做不是故意的，我不是在故弄玄虚。只是，我总是很难全部表达出我内心想真正展露的东西。没有任何一件事物能以一种有限的、简洁的方式呈现在我面前，最终呈现在我面前的，仅是根据普遍固有观念而理应存在的事物。根据普遍的定义，这种事物有着绝对的、确定的模样，并且没有其他的可能性。对此，我无法认同。因为在这种情况下，即便是比情欲关系更为复杂的其他事实，我也会产生一种怅然若失的感觉。即使这些事实的发生完全符合普遍定义，哪怕是持有具备法律效力的证件，我的感受依然如此。能够肯定的是，即使在干净的餐桌上享用三菜一汤，我还有些许期待，总觉得某种真实的、不多不少、但恰到好处的事物将会出现在我面前。我品尝了餐后甜点，我也感觉到了充分的饱腹感，但我仍觉得，我吃的无疑是午餐，可这顿午餐绝对不是品质上乘的，真正的午餐现在一定在其他人的腹中。我甚至认为，即使午餐形式得到了升级，比如，可以用山珍海味来代替粗茶淡饭，用饕餮盛宴来代替三菜一汤，也难以逼我改变想法。因此，貌美，是我对未来伴侣提出的一个条件。这并非因为，我喜欢美丽的女子。我曾告诉过你，闯进这个世界，是我的需求，说得具体点儿，就是通过凌驾于这个世界的各个组成部分，来重新创造这个世界。美，是构成这个世界的基础中的基础，而想要把美从混沌中分离出来，是尤为困难的，一想到这，我就很不安。比如，当我还是个孩子时,我就被一股既难以捉摸、却又真实存在的力量折磨着。这是一种极度怪异的愉悦与悲伤的统一体,我觉得,在某种时刻,某种环境下,它能摧毁我的一切。回忆起来,那些日子极其难熬,但不知为何,我竟有点怀念起旧时光了。也许这根本就不是"美",只是我凭空想象出来的东西,是我把自己的这些经历简单地归纳为美而已。那种怪异的感觉伴随我已久,我一直坚信,唯有美丽的女子才能拯救我。正因为我这样想,才使得一直以来煎熬我多时的非物质存在,能够转变为一种具体的外在形式,一种有生命力的化合物。此外,这也是我能够拥有"美"的唯一途径。类似地,世界上有那么一些人,他们看不见世界的"美",却能确切感受到世界流露出来的难以描述的恶意。于是,这些人便开始想象,他们感受到的难以描述的生存危机,是否有可能来自于某个人种、民族或是社会阶层,如果的确是这样的话,他们就有理由去攻击、杀戮这个假想敌。但对于"美",人们要做的,不是想办法来对付它,而是设法去拥有它。从技术层面来讲,肉欲是野蛮且原始的,一点也不"美",可这恰恰给予了我希望,"美",原来也是可以凌驾的。对"美"进行贬低,是证实对其拥有控制权的最佳途径。

世上的美丽女子不少,我未曾想过,实现自己愿望的道路会如此艰辛。但在此之前，我找寻到了一个理想的目标，这个目标将所有中人之姿的女子都排除在外。

  在我和同学所认识的女生里，小A是最美的，至少大家都是这么认为的。当然，我们也别无选择，只能认同这种观点，因为正是我们一同造就了她的美。说实话，假如让每个人评选出自己心仪的对象的话，大家会不会都选她，还真难说。怎样保证自己的选择是正确的呢？一个人真的很难承担这样的责任。因为集体已经赋予了小A优先权，我们相互影响之下就更加坚定了自己的想法，觉得自己肯定有一定道理，仿佛我们互打了一针强心剂。虽然这并不意味着我们能有十足的把握，因为我们也不能保证，集体的决策是百分之百正确的。小A就这样成了那个最美的女生，她当选的理由其实并不充分。在那之后我才知道，这位最美女生的"最"字，是等待我主动跳进去的一个圈套。"最"字，是基于这样一个隐性的假设，即从最开始，就已经存在着用来衡量美的单位，而一个人美的程度，取决于这个人能容纳多少个美的单位。类似地，伏特和安培是用来衡量电的单位，千克是用来衡量重量的单位。两千克重的秤砣，即使它要比五千克的秤砣轻，但也可以用"重的"这个词来形容它。因为只要是秤砣，都得有重量。同理，"美丽的"这个形容词，也可以用来形容小A以外的其他人，只是他们的美丽程度比起小 A 要低点。我并没有完全认同这种观点，因为我对等级制度有自己独特的见解——我仅认可包含最高等级的等级制度。如果存在这样的等级制度，我们便可以把支撑顶点的支架取走，只留下一个顶点，然后，这个顶点将不再是简单的顶点，它将转变为一种事物，并近乎完美地无限接近于该事物本该有的样子，就是说，它将拥有自己本该有的一切属性，以及这种事物衍生的所有副本的属性，我们别忘记，刚刚所说的等级金字塔，恰是由这些副本组成的。

强壮的虎不是强壮的虎，稍弱一点的虎却是稍弱一点的虎，但只有强壮的虎才最接近原本的虎，其他的根本就算不上虎，而是滥竽充数的伪虎。因为大家都知道，虎，或者说真正的虎，他们的力气是不可测量的，也理应是不可测量的。当然了，如果我在穿梭森林时还持有这种世界观的话，我肯定是会吃亏的，就算我遇到的是最为孱弱的虎，我也应该把它看待成真正的虎，否则肯定不会落得好下场。即使我不到森林里去，这种世界观仍会给我带来不少麻烦。那是因为，我最后得出了这样的结论，对我而言，小 A 不是最美的，仅仅是美丽而已，美丽得无可挑剔，唯有她一个人这样，除了她之外，任何人都不是美丽的。

所以说，如果我想在美丽的女人身上失去贞操，就注定得在小 A 身上，因为唯有她能解决我的问题。我就这样钻进了死胡同，这也是我万劫不复的开端。

首先，这位青春无敌，但同时也涉世未深的姑娘，单从技术层面来讲（如果能够这样说的话）并不能很完美地完成我给她安排的任务。即使她是一位爱情大师，想要达到"揭露真相的时刻"，也还需征服我与她之间的距离感。这样说吧，我具有此种而非彼种性格以及外在特点，她也具有某种特征，于是，我和她之间，就有着一定的距离感。这是男人与（近似）女人之间的距离感，男学生与女学生之间的距离感。换言之，调情是第一步。

调情，是在青少年学生群体中很常见的行为。众所周知，在学生关系中，每个人的价值都被毋庸置疑地确定了。要衡量一个人的价值，标准十分简单：看谁的自行车更好，看谁更擅长踢足球，看谁长得更帅气，谁在这些方面更有优势，谁的价值就更高，根本没有讨价还价的余地。在这种标准下被评选出的男一号，自然而然，就该与女一号建立某种联系。最帅的男生才能配上最漂亮的女生，如果这个男生踢足球还踢得特别好，能骑上最贵的自行车，那么，他自然就是白马王子，自然对最美丽的女生有着绝对占有权。可惜的是，我的胜算微乎其微。我不但没有自行车，我对自己的外貌也有理智的判断,我评价自己的外貌,就像那些不在乎我感受的选美比赛的评委们一样。至于力量嘛……我知道,力量是难以测量的,在我与"测力计"进行了一场不堪回首的交锋后,我沦为学校里一个毫无价值的小人物。

我的自我评价如此的低,又怎么能接近最美丽的女生小 A 呢?让我举步维艰的,不仅是我懦弱的性格,还有我所处的人际关系里的那套游戏规则,我却又万万不能违背这些规则。根据游戏规则,我丝毫没有接近小 A 的权利。

游戏规则虽然残酷,还是远不及我对自己的苛刻。根据游戏规则,我存在着。虽说是最弱的,但好歹我也存在着。然而我的观念认为,我根本就不配存在。我不存在,因为我不是最有力量的。正如之前提及的我对等级制度的理解,我根本就没资格存在。一个不存在的人又怎么能接近一个存在的人呢?

准确地说,与其说我不是最有力量的,不如说我没把自己视为最有力量的。我停留在虚无与剩余的中间态之中。我必须尽快地从这个炼狱中挣脱,为此,也必须得解决我与"测力计"间的纠葛。

我废寝忘食,苦苦追寻战胜"测力计"的方法。我耗尽灵魂和肉体之力,为那一刻做好万全准备。之所以说耗尽灵魂的力量,是因为这种依靠想象力的工作,把我的精力燃烧殆尽。也许是因为，我面对的仅仅是"存在不足"带来的窘迫，唯有胜利才能把我从窘境中解救出来，也许也是为了确保成功的果实能稳入囊中吧。之所以说耗尽身体的力量，是因为我为了增强肌肉的力量，开始进行复杂的家庭体操训练。我用拳头使劲地击打沙发，直至尘垢四散，拳头红肿，唯有这样子才可以检验我的训练成果。我把沙发打到跪地求饶，举手投降，这让我感到阵阵狂喜。但我又不太敢肯定，沙发与"测力计"的血缘关系是否足够接近。根据沙发的反应，能否准确预测"测力计"在最后一战时的反应。

虐待沙发的壮举伴随着以下幻想：所有人聚集在"测力计"旁边。我慢慢向它靠近，紧接着是一记重拳，但在此过程中，我必须是风轻云淡的，"测力计"最后被我击打到空中。小 A 是人群中的一位目击证人。片刻之后，我走上前去，牵起小 A 的纤手，联袂向着光线逐渐晦暗、音乐逐渐淡出的天涯渐行渐远。

甚至不一定要这样。在没有目击证人的情况下征服"测力计"，我也是能接受的，我的意思是，我自己也可以当观众。

在每次完成复杂的准备工作时，我都觉得，我的潜能都被悉数激发，随时可以雄赳赳地奔赴战场。每一回，我的意志力都会膨胀起来，直至它变成一发不可收拾的决心，每次我都会前往试炼之地。但这一时刻的终结性，或是说它的"深度""此性""此性而非彼性"让我感到惶恐不已。在计划与计划的实现之间，既没有过渡，也没有衔接，更没有一点能容进中间物的空间。上一个计划结束的那一刹那，便是下一个计划实现的开端。在我的身体和我周围的一切之间，仿佛没有任何中间状态，没一个既是此又是彼的状态。没有，没有能让某种想法穿透过去的一丝缝隙。想到我要跨过这道把我与虚无区分开的边界，我就十分恐惧。在不存在的边界的另一侧，我存在着，那个我，既是幻想的产物，又是真实的存在。如果我想从驱逐流放之地中脱身，就必须要不惜一切代价，跨过这道边界，我也正有此意。我也预见到了，在计划实现的那一瞬间，我离那一瞬间很近，很近，没有留给恐惧或希望的空间，恐惧和希望将会在这一刹那消逝无踪。如果我担忧这一点，这就意味着自己不知不觉地竟然对恐惧或希望有点依依不舍。无论怎样，在我击打的那一瞬间，容不下任何东西。那一瞬间，得有多么的刚硬和紧密，就像子弹和钢珠，只能一口吞下，不能细细咀嚼。

因此，我犯了拖延症，我倒挺惊讶的，我刚刚才说到我的决心一发不可收拾，竟然最后还是被我给收拾回来了。我当初还那么地坚定自己的决心，认为它真的是无可动摇。我顿时觉得自己就像被所下的决心背叛、欺骗了一样,仿佛决心这东西是一个独立的存在,它的所作所为完全不受我控制。因此,我在另一个、同样一发不可收拾的决心那儿找到了慰藉。

但在每个曾经无可动摇的决心被收回的同时,我也重新被打回了崩溃与懦弱的原形,潜能不能再被悉数激发了,在上战场前,我都会腿脚发软,之前在如十字架般的测力计前所发掘出来的潜能,都已随风而逝。能不能坚持完成我那可收回,且又不可收回的决心,对我而言,尤为重要。每次尝试未果,我都会抱憾回家,觉得自己是个没有特性的人。但从第一次开始,我有了一种感觉,起初很是朦胧,之后便越发清晰。我仿佛看到自己是一位陌生的劳动者,他所做的一切都是徒劳的,毫无改变命运的希望,周而复始地过着单调重复的生活。可实际上,每次结束时,还是能看到一定成果的,他一次又一次地从废墟瓦砾底下挖掘出那个他称之为决心的东西,把它清洁一番,打好补丁,使它变得更加牢固,直至这个决心恢复到过去的模样,朝四面八方放射出耀眼的光芒,即使这决心早已疲倦不堪,无数次的焊接使它变得十分紧绷,甚至有些地方还可以看到褶皱。当决心恢复如初后,我决定再度踏上征程。

我把数不清的日日月月都耗费在了"测力计"上,

但这并没有你所想象的那么简单。我得假装我对"测力计"并不特别感兴趣，我在"测力计"的老板面前觉得特别羞愧，因为他看我一直犹豫不前，大概也猜到我这么犹豫的原因了吧，大概是还对我渐生鄙夷了……所以我只好扮作若无其事，在附近闲逛，我与"测力计"之间保持着一定的距离，这距离是经过我精密计算得出的，一是为了防止它消失在我的视野之外，二是为了巧妙地躲避老板的目光。老板长得肥胖圆润、胡子拉碴，整天待在他的赚钱工具旁边一动不动，偶尔会用报纸遮住脸打瞌睡。很有可能，他压根儿就没注意到我的存在，可当时的我要是能这么想就好了。

　　有一次，一个戴着鸭舌帽、身材壮硕的小伙子也想挑战下"测力计"。一眼就看出他是个大老粗，他不动声色、面无表情，看起来胸有成竹的样子，往垫子上挥舞了一记重拳，指针一下子就飙升到刻度尺的顶端。如果这台机器没设定一个上限的话，还真难判断，指针会一直飙升到什么地方才会停下。壮小伙完成这一壮举后，若无其事地离开了，与他刚来时，看起来别无两样。他一定不知道自己的举动给我带来了多大的伤害，我的心顷刻间碎了一地。你评评理，这怎么可能？他是如此的轻而易举。在我看来难如登天的一件事，对他而言，竟只是不假思索地舞动下手臂，没有前奏，也没有尾声,甚至感觉不到丝毫故意而为之的痕迹?我用来构建世界的东西,在他看来,仅仅是毫无意义的尘埃?如果这是真的,有那么一瞬间,我真的意识到,所有这一切,所有我赋予崇高品质的这一切,事实上并没有那么重要。我的整个计划就此泡汤了,在一开始我就犯了致命错误。我应当在别处寻找衡量自己价值的东西。可是,这种怀疑,也许只是经受羞辱后的自然反应,不堪一击,不足以改变什么。羞辱促使我去敬佩某个我本不敬佩的人。

而与此同时,我的同学们或是已相继献出了贞操,或是对初夜满怀期待,恨不得它快点来临。这些经历是再寻常不过的,这些故事的配角有妓女、陪酒女、寡妇,当然也有女同学,但不多见。我和小A之间的关系毫无进展,一定是因为我被悬而未决的"测力计"事件弄得晕头转向,我也没下好决心。别人对她的八卦,我支起耳朵一句都不愿错过。在年轻男同学圈子里,她一直被描述为最放荡的女子。如果这些屁话是真的,她早就该离家出走,荒废学业,把所有时间花在与男人亲热上了。如果缺男人,她便会去找老山羊、骡子、公鸭,来体验多样的性爱了。如果动物还不能满足,她便会去环游世界,去寻找能填满她欲壑的大自然的造物与人类文明的产物了。可以说,这是男孩子内心的一种天真的心理投射①，体现的其实是他们自己内心的愿望。即使她有纵欲的嫌疑，也没有一个男同学能自称获得与她一样的成就，甚至那些最具雄心壮志的男同学也不敢这样说。但是，他们对小A的看法表达得如此强烈，让我的精神世界备感难受。男同学把她形容成一个如此随便、来者不拒的女人，这分明是想鼓励我去搭讪她，同时还信誓旦旦地确保了这种搭讪是行之有效的。如果公鸭可以做到的话，我肯定也可以，你别说，我还真考虑过。从另一方面看，虽然同学们的说法缩短了我与目标之间的心理距离，但要消除我和她之间那从来就没缩短过的现实距离，显得越发困难。在这种条件下，我变成了一个忧郁寡欢、离群索居的男孩子，也不足为奇了。况且，我对小A的厌恶也越来越明显，甚至可以说是仇恨了吧。我恨她，因为她如此易得，但对我来说，却一直是那么遥不可及，我恨她，最主要是因为，她很美，她的美摒除了其他所有的选择。仇恨，不仅没能简化我与她的联系，更没能豁免我去接近她的这个使命。怎么

---

① 投射一词在心理学上是指个人将自己的思想、态度、愿望、情绪、性格等个性特征，不自觉地反应于外界事物或者他人的一种心理作用，也就是个人的人格结构对感知、组织以及解释环境的方式发生影响的过程。心理投射实验法由弗兰克（L. K. Frank, 1890—1968，美国社会学家）于1938年首先提出。

才能接近，又怎么可以对一个你本来就心存怨恨的人提起兴致呢？

于是，我下定决心，一不做二不休。可这回我已彻底绝望，绝望会使我这种人变得更为危险，也终于把我这种人从不确定性中解放出来，更准确地说，像我这类人，是生于不确定性中的，既然不能把这类人彻底清除，绝望就赋予我们一种能为完成一件事而不惜一切代价的野性本能，为的仅仅是让我们不再继续绝望。我曾再去找"测力计"，但"测力计"已经不见了。"游乐场"也没有了，除了一沓沓灰色包装纸和旧报纸不由自主地随风乱舞，就剩下马戏团舞台地基的黏土板。在以前观众常常聚集的地方，还残留着被践踏过的草地、纵横交错的小径和寸草不生的小广场。很难重新找到那个以前摆放过"测力计"的地方，而在这儿的某处，我发现了一小片被踏得很是平整的黏土，上面没有脚印。但我清楚，这个硬邦邦的东西，一定是我双脚留下的作品。临近九月末，夏日露天游戏也迎来了尾声。老板们提供尽可能多的娱乐设施，已不在乎收入的多少了，然后他们叠起帐篷，拆卸摊位，去往未知的远方，至于具体的方向并不重要，所以我感到吃惊是毫无理由的。我之前从未考虑过，我拥有的不是永恒，而是时间长河中的某个稍纵即逝的片段，我应该把握好，去做我应该做的事情。

我不清楚，在我的心里，哪个声音更响亮：是一切都消失后的释然，还是由此而产生的绝望？我愣着站在那儿，踟蹰不前。风把一张丑陋恶心、油迹斑斑的废纸刮到我的脚边。

星期四

除了期待下一年"游乐场"重返镇子之外，我什么也做不了。在此期间，我的生活沿着原有的轨迹匍匐前进，即在一种非此性也非彼性、既羞耻又惭愧的状态中徘徊。但是，我仍然不配存在。当然了，我可以通过拥有小A，即通过征服美感，来苟且偷生，但在这种情形下，通往美的道路上，始终绕不过力量这道坎，而由于"测力计"已经不在了，我无法证明自己的力量。

同学们仍不断地分享着自己数不胜数的新奇冒险与艳遇。我不愿胡乱编造一个故事出来，因为谎言早晚会不攻自破，而真相大白时，我可能会变成更大的笑柄，这并不比我老实交代自己仍谨守处男之身要好多少。可我不甘心就这么承认。因此，我选择沉默，同学们也由此得出结论，说我肯定是心虚了，我只是在佯装自己精于此道罢了。一夜之间，大家都在传言我其实是性无能，随之而来的，是同样让我尴尬不已的处男情结，这两者都大大拉低了我在学校等级制度中的地位。渐渐地，小 A 也开始在陌生的年轻男人圈子里鬼混起来。

　　我开始变得固执己见，深陷绝望之中，难以自拔。有时，和别人一样，我觉得，自己终于有机会自称是个男人了。由于我的顽固与倔强，并没能好好把握住这些机会，因为没一个女人是我心目中的那位唯一。可想而知，我为此蒙受了多少苦难。简而言之，我总被莺莺燕燕纠缠，每次我都得费九牛二虎之力，才能从她们的怀抱里挣脱。大多数人年轻时都是穷光蛋，年少多金的王公贵族少之又少，我顶多就是个放不下架子、不愿接受施舍的穷孩子，虽然我在背地里仍会感到饥饿难耐，常常潸然泪下，遇到此情此景，即使一个路人心地再好，也只能耸着肩膀，敷衍应付下而已。但这样的类比并不准确。虽然某些人看起来心地十分善良，说到底我还不是个讨路人施舍的穷乞丐？我一直等待着，期待着春天的来临，这期间，日益发育生长的机体，对我造成的折磨和痛苦与日俱增，可是，也给予我希望——到春天时，我将有健硕的肌肉，应付起"测力计"来将更轻松。

　　当然，最简单直接的做法，应该是重审对等级制度的态度，消磨自己的雄心壮志，淡然接受自己的从属地位。换言之，就是得尽早适应。那个时候，周围的气氛仿佛被稀释了，于是乎，偶尔会出现几个理想目标，甚至还不完全是，仅仅是近似而已，具体的形象或者事件就这样接踵而至。小A已不再是那个唯一的人，而我也不必非得成为那个最有力的人不可了。只需成为其中一个人，而不是一个唯一的人，就像他们一样，是芸芸众生中的一员，像我的同学，像对"测力计"没有过高要求的普通公务员。简单直接，但这不是我的风格。我征服的欲望，并非无中生有，而确实是与生俱来的。欲要探寻它的源头，可能得径直深入地底，而我没力气，也没能力去踏上这么漫长的旅途。

　　早春时，我到镇子里去，想看看旋转木马有没有回来。在这之前，我一直深陷于争夺地位的斗争中，把自己弄得疲惫不堪，整个冬天我都在挖掘战壕，既没有进攻，也没有撤退。那天，晴空万里，阳光普照，但我觉得，有点像是躺在病房里看太阳，令人喘不过气。阳光透过沾满灰尘的玻璃窗，洒满经久未洗的被褥，映在床头柜散乱摆放的药瓶上，这样的阳光一点也不像是空旷原野上该看到的样子。这里寂静无声，人迹罕至，仅有远方工厂传来的警报声和货运火车摩擦铁轨的声音充斥着双耳。小镇的广场上，刚出头的草叶和上一年没被清理的碎酒瓶烁烁发光，有个人站在那儿，扬起下巴，双腿叉得老开。这双腿倒是引起了我的注意。三月天乍暖还寒，风尚刺骨，这双腿却光溜溜毫无遮挡，肌肤白得很不自然，就像闪耀着磷光鬼火一般，虽然这双腿叉开得很宽，但肯定最终会汇聚在某一点上，可那一点已然被遮住了，那是一条不及膝的鲜红色短裙。当然，我并没有急迫地想象那个汇聚点的模样，如果这不是个女人的话，我对此就更加不以为然了。她一定也注意到我了，当两个人在空旷原野上相遇时，目光的汇聚是难以避免的，她不再盯着天空发呆了，而是一直看着我这边，虽然从自始至终都没改变她那耐人寻味的站姿。

因为我总觉得，如果直勾勾地盯着别人看，不仅会让我，也会让对方陷入无法预料，且危机四伏的命运纠缠中，所以我假装自己在眺望远方，好像丝毫没有注意到她就在那儿。同时，我又漫不经心地在原野上踏着碎步，朝着她的方向慢慢靠近，不是说一下子就出现在她身边，而是比原来的距离近了四分之三，仿佛我就是一个慢条斯理，目的地明确的人。可是，她的眼神，就像剑刃一般，刺穿了那个模棱两可的我。她径直地注视着我，没表现出丝毫的拘谨，为了让我不生怀疑，她甚至露出了硕大的板牙直冲我笑。

我全身心地投入到伪几何学研究中，在我脑海中，她的外在存在，有点像是当我在打扑克牌时，偶然听见有人说起某个国家、某个省、某个城市的地图信息一样。她的头颅下方是看不到脖子的，脑袋直接拼接在矮壮、几近残疾的躯干上，暗淡无光的稀疏头发搭在头皮上。只有她的微笑能顺利传达到我这儿，但仅仅是因为，她的微笑并非她脸庞的一部分，而是一种挑衅。在知道自己暴露之后，我变得不那么自信了，我是该逃跑呢，还是勉为其难地让这场会面持续下去呢？但我似乎也没有第三种选择。我没有料想到，在我停下脚步后，我们互相嘘寒问暖，自我介绍，还没聊几句，就坦诚地表白了。这一切的发展，竟是如此令人窒息地迅速。她僵持着笑容，以某种手势指了指自己的下腹部，就像这是一件不属于她的、随便摆放在一旁的物品，只要我们有好奇心，就可以随便俯近去观察它。就像一个球员指着足球，似乎在向另一个球员暗示着："我们不如踢会儿球吧？"

　　这当中的客体性、事物性是如此的完美，让我彻底震惊了。我从没想过，世上还会有这样的事。正如我所说的，事物在我面前不仅是其本身那么简单，往往连带着后续无穷无尽的各种关系和环境条件。

　　可以说，最受这种客体性影响的，是我的双腿。它们开始不听使唤，牵扯着我身体其余的部分径直地跟在她后面，就像是车厢载着乘客。其实，我本人并没有参与到里面去。她本就没打算走多远。她只是在寻找草梢。可是，我的内心里，明显还残留着某种"正派"的作风，一股支离破碎，但又有自主能动性的驱动力，让我去继续寻找、选择和遵守某些条件。但也许是由于方才发生的事情，我联想到了幽暗冰冷的地下防御密室。

不远处，矗立着一些老旧的堡垒，荒废已久，无人打理，但仍旧牢固夯实。土坡与厚墙之间，盘曲着一条条深不见底的护城河。这些堡垒的内部还算完好，可以透过红砖墙壁上整齐而漆黑的射击孔瞥见里头，光滑的石板上爬满了细细的裂缝，圆形拱柱上的缝隙也清晰可见。还能瞟见暗道的出口，如无底深渊般的下水道口。整个防御工事格局井然，建造的初衷是为了隐藏保护士兵、抵御外敌，而如今，整个建筑仅是象征性地苟延残喘，等待着寿终正寝，再也无力抵御入侵了。沿着能抗住炮击的拱柱匍匐前进，再翻过铁栅门爬进来，还能光明正大地穿梭在秘密通道间，最终到达堡垒深处，而以前这里有多重装甲保护，固若金汤——如今我们能这样恣意妄为，让人体验到一种独特的快感。在小时候和其他小孩子玩"攻垒"游戏时，我就已经探遍这个堡垒了。洞口幽深阴暗、湿气弥漫，仿佛里面藏着什么秘密。我们从未彻底地了解过它的内部构造，最多往废弃的走廊那儿再走十几步，越过第一堵断壁，聆听自己脚步的回声，看看光线是如何变弱消失的，以此来体会恐惧，每次都是止步于此。在最靠近内墙的密室里，还有一束光线，在混凝土地面上可以看到被磨烂的秸秆残渣、腐朽发霉的木板，还有表面锈迹斑斑的罐头盒子，陈年的屎尿散发着十分刺鼻的味道，这是孩子们不受控制的自由天性的一种外在体现。我和"小特赦令"① 朝那个地方走去。

星期五

"小特赦令"不是她的名字，只是个外号。在街道清洁公司、狱警队伍、炼酒厂还有旅馆、客栈之类的场所，大家都是这样称呼她的。在那里，她的同伴和熟人来自五湖四海。我和她通常都是在老堡垒或者城郊约会，无论是快要倒塌的棚屋、荒废已久的厂房，还是在荒郊野岭、垃圾山旁边、乡间木屋的小花园栅栏旁边，抑或是在丁香花和牛蒡花的簇拥之中，都能找到我们的身影。风景多种多样，绝不单调，当地居民的底细不

---

① 作者根据"特赦令"造的新词。词缀在波兰语里有小称和爱称的意味。

清,他们如同这片地区一样,或是永远或是暂时地处于社会的边缘地带。没人知晓,他们是如何度过每一个夜晚的,是不停地睡觉,还是想去寻找某些东西?没错,那一带堆砌着各种废料,在里面总能发掘到一些宝物,比如机枪弹壳、茶壶或者猫的皮毛;他们还喜欢在黏土坑中泡澡,喜欢毫无顾忌地打牌、做爱,有时候还突然兴起,随意把别人揍一顿,或者玩起躲猫猫,抑或是满足于静静观察着附近发生的一切。酸酸甜甜的腐肉味,还有芬芳扑鼻的野花,都能让我回想起和她的约会。"小特赦令"是个简单直接的人,毫无架子,与这片不加修饰的地区一拍即合,她的丑陋也是如此。但究竟能不能说她很丑陋呢,或说这一片地区很丑陋呢?这里没有留给美的位置。这个地区的存在,就像垃圾山的存在一样,没人会对它的外观提出任何要求。对于"小特赦令"来言,脸的作用,仅仅是用来固定几个不可或缺的人体器官而已;身份证照片,本是用来确定人的身份的,但如果要给她拍这种照片的话,看起来就特别不对劲了。"小特赦令"想睡哪儿,就睡哪儿,无论哪个人想打她主意,她都无所谓。仿佛她出生后,立即就上了断头台,身首异处,也许在某个自然博物馆里,还存放着她的头颅呢。她的存在,不会对周围产生丝毫影响,就好像马的存在,并不会妨碍骑师的思维一样。我恰好需要绝对清静的个人空间，因为我总是苦于思绪万千，无处释放。我似乎已成为了一个男人，但很快我又觉得自己谁也不是。男人，对我来说，不是全部。那只是全部中的一部分罢了？但如果全部本来就不存在，怎么能说是全部的一部分呢？所以，虽然我已像个男人，但这个身份仍是值得怀疑的。这个问题如同迷宫一样把我困住。我确实是达到了某个目标，但只因我走的是"捷径"而已，还差那么一点点，我和目标之间的"捷径"是如此的漫长，以至于两者间的距离都可以忽略不计，这样一来，我仿佛与目标之间并无距离可言，所以才不可以说：我"达到"了这个目标。虽然这个目标我似乎已找到，但它究竟存不存在，慢慢变得令人怀疑。这有点像我所击打的那个"测力计"，它既没刻度，又没指针，或者既有刻度，又有指针，可是每段高度的标尺都是零。又或者说，这像是一个乘客在搭乘不断下降的升降机，升降机确实在下降，乘客也总是脚不离地，除了稍稍失重以外，就再也没别的感觉了，最多就是有点晕。我所说的一切都显得过于简单、随意，让我百思不得其解，特别是，此前的我还不断遇到各种困难险阻。

  因此，我不再纠结令人生疑的"目标"或是令人生疑的"达到"，而是专注于使得"目标"与"达到"变得令人生疑的源头，即"简单随意"。"捷径"开始吸引我的注意力,"简单随意"是"捷径"的外在特征之一。我越是钻研这个问题,就越是觉得,自己在偶然间看透了现实。准确地说,我开始相信,上帝在把亚当和夏娃赶出伊甸园后,虽说是建了一扇坚固的大门,却忘了用栅栏把伊甸园围起来。这一发现,推翻了我之前的整个世界观体系。之前的体系,要求我要去克服艰难险阻。如果"简单随意"才是这个世界的唯一真理,那就意味着,那些困难与险阻,都是我空想的产物,那克服它们的过程也是缺乏现实基础的。所以说,之前的体系一开始就是个谬误。敲天堂大门的人,一定是没能发现,原来还有别的入口。如果一早知道这个秘密,还会有人拼命敲门,把自己拳头砸得皮开肉绽,而不懂得从别的入口进去吗?就算有,那肯定是这个人的脑袋出了问题,我可不甘愿当这种傻瓜。现在,我面临着几个人生抉择。

如果利文斯敦[①]远离家乡前往远方探寻尼罗河源头时,发现源头其实就在他家后花园里,他会有何种反应?他早已为危机四伏的远途旅行做好了万全的准备,却发现只要睡到自然醒,穿着拖鞋走进花坛便足矣。难道他不会立刻折回,卸下行装吗?

---

① 戴维·利文斯敦(1813—1873),苏格兰医生兼传教士。

还是会久坐于门槛之上，背着包，驮着猎枪，沉思许久，不知如何是好？

还是会假装什么也不知道，继续踏上前往非洲的旅途？

但，这又是为什么？为的是展现坚强的性格，给学者们提供研究材料，还是发现沿途的处女地？可这一切他都将在路上完成，而这路通向何方？通向自己的后花园，近在咫尺。

要是我的话，我绝对不会出发，而是老老实实待在原地。

现在我觉得周围的一切都变了个样子。我对于那些为了抄近路而践踏草坪的人，那些不用刀叉而用手抓饭吃的人，那些用右手挠右耳痒痒的人的态度有了改变。他们所做的只是根据自然法则得出自然而然的结论。因为自然法则是普适的，它涵括了一切现象，不会因个体行为而发生改变。我也在历史的长河中发现了这个法则。譬如，无论是战争，还是革命，都是走历史捷径的最佳例子。通过抄近路经历了所有人类难以在和平条件下经历的一切。走捷径，抄近路，直走。这种权利和优先权，只会留给真正明确自己想要什么的人，既不存在花园，也不用绕过栅栏。根据进化论，需要经历多个世纪才能解决的问题，通过选择那一条道路，能更快地解决。况且，历史发展与自然界有共通之处，大规模灭绝和基因突变都可以加速进化的过程，通过跳跃，来获得优等的品质，通过走捷径，来更快地达到目标。大家只要看看大自然的运作方式就行。溪水从山上往下流动时，它绝不会考虑，要从哪个河床流过，也不会横向流过，更不会硬着头皮去撞击河石，相反地，水流会沿着连接最高处和最低处之间的最短路线缓缓流过。就算是形成了河曲，过程中的逻辑也必定是遵循这一法则的。

无论怎样，这就是美……

河流的美，让我们惊叹不已。这又是为什么呢？因为看到了这种美当中的"最短路径"法则。同样地，生活，即大自然，教会了我们，什么是美。

我们为大自然称奇，而大自然基于必然性。众所周知，历史和社会的法则和自然法则一样，都是不可违背的，为的都是达成目标，那么我们就应该像为大自然称奇一样地去为历史称奇。我们不能躲避，也不能违背历史法则。我们在它面前手足无措，就像我们不能改变河溪遵循的法则一样。看在美学的分上，让我们还是不要去改变它吧。历史的法则，也是美的法则，违背历史的法则，就等同于丑化历史，等同于丑化自然。如果我们仍不能做到崇尚这种法则，而是逆其道而行之，这只能说明，我们是如此的倔强鲁莽、愚昧无知，未能完全地接受这个显而易见的真相——历史和自然——是等同的。因为，这两者和美感一样，都受制于同一原则。如今，一切都有了合理的解释。我发现了大一统的原则。在把它应用到具体情形时，例如，把它应用到美当中去，我明白了美的根基是什么。在这之后，就只需要知道它的本质模型是怎样的，就可以自己创造出完美的、不带有美学错误的美来，还可以纠正自己的认知与接受方式。道理很简单，就像一个人如果能掌握化学物质的构成，就能任凭喜好来合成出新的物质，或是分辨药物真假一样。我成了美的主人，就像有人是物质化学反应的主人一样。如此硕大的胜利果实，已大大超乎我的预期，这至少使我和"小特赦令"的性生活更为和谐了。如今，我可以把两人的性生活建立在严谨的科学基础之上了。

　　溪流的例子表明，美是基于"自然的简单性"，明白这点后，我便得出了结论："小特赦令"不应该像我一开始觉得的那样丑陋，相反，甚至应该比只会给我瞎添麻烦的小A更美。虽然本能告诉我"小特赦令"非常丑，可这仅说明，这是迂腐且谬误的定式思维所导致的，通过适当的锻炼和正确的理性思考，是可以根除这种定式思维的。

　　我不太想去炫耀这种能力，因为我还没到炉火纯青的地步。有错误思维方式的不仅是我，还有别人，我也只能这样去解释自己的自制力了。无论怎样，我已思索出能让自己找到真正的美的方法论了，但其他人甚至连这种机会都没有，仍徘徊在自己错误的爱慕中，难以自拔。这种品位腐败现象十分普遍，要与其做斗争，胜算几近于零，我也就干脆不做斗争了。

再者，想要把"小特赦令"藏起来，也并非难事。我们两人的社交圈子毫无重叠，我也就不必要为了她而舍弃什么东西了。加上我和她的关系已不再需要更多的调剂。她本人也没这种需求。我不必带她去剧院看剧，也不必请她喝咖啡，更不必带她去参与社交活动。得益于此，我多了不少留给自己独处、独自思考人生的时间。这并不简单。我曾以为，过去的枷锁把我锁得紧紧的。譬如，我注意到，很多时候，当我面对着"小特赦令"时，我都似乎看到复仇女神的微笑。

报仇？向谁报仇？这可就怪了，是向小 A 报仇。每次与"小特赦令"亲热时，就像在扇小 A 耳光，就像是在贬低我自己，在贬低小 A 的潜在伴侣（即我）的同时，也在贬低小 A。而小 A 是……没错，她是美的化身。

结果是，在我看来，与"小特赦令"的亲近是一种贬低的行为，"小特赦令"是丑的化身，而小 A 是美的化身。现在我还有这样的看法。啊，一个人想要彻底平息内心不理智的冲动，得折腾多久啊。因为，我不能欺骗自己，每次我与丑得像怪物的"小特赦令"亲热时，我很清楚，向小A报仇只是我的生理欲望。即是说，美仍然不在我这边，而在别处，美是这样的毫无理智，毫无根据。我以一种狡猾奸诈的方式，维持着与美的关系，虽然根据我的全新世界观，我也许应该说："与'那种美'有关系，即不是严格意义上的'美'。"

谁知道，在我潜意识里，我就一定不是这样想呢。如果我没认识像"小特赦令"这种极端糟糕的女人，我也许就不会有这种反常的肉体关系，也不会有这种令人悲怆的喜悦了。"小特赦令"让我想起了小A的反面，我只要沉浸在丑陋中，美就不会脱离双眼。也许，也是出于这个原因，我并没有在第一次见面时撒腿就跑，更没想过，要在稍微不那么野蛮的拥抱里，去寻找美学和道德的宽慰。真不知道怎么解释才清楚，偶然的相遇——大户人家的佳公子与穷乡僻壤的丑八怪——促成了一段长久的孽缘。

星期六

这不仅是与某个女人的孽缘，更是与丑陋的孽缘，前途叵测。这一结论是我在某种环境条件下得出的。

我注意到自己开始把所有丑女人都吸引到身边来了。但也有可能我一直都有这样的吸引力，只是我之前不知道而已。在追求小 A 期间，我遇到重重困难，我真的感到应接不暇，因此，对于那些有着先天缺陷的生物所投来的胆怯目光，我并没有特别留意。可这并不能排除另一种情况：正是由于我与"小特赦令"交往，她们发现我与生俱来的某种倾向、某种可接近性，她们仅凭借本能就能够感觉到，这就像是动物或者人遭到追杀时，或者人生病时，直觉会告诉我们，我们最终能平安渡过难关，还是在劫难逃。如今，她们不再胆怯，而是越来越肆无忌惮地向我抛媚眼。每往前迈一步，我都能找到证据来佐证我的猜测。她们的笑容如同腐木一般，她们的斗鸡眼显得那么的下流淫荡，时刻缠绕着我，挥之不去。在我眼里，她们就像一群可怜兮兮、翎羽凋零的孔雀，在展露她们满是遗憾的衣裳。起初，我感到特别气恼，不如如何才能遏制这种情况的发生。类似的事情我已经司空见惯，记不清有多少次了，无论是在街上，还是在咖啡馆里，抑或是在公交车上，我都能隐约感觉到一张由羞耻的情话编织成的网紧紧缠绕着我、触碰着我，我有气无力地把眼光投向身后的路人们，特别是路人当中那些漂亮的女人们，我想让她们明白，我对刚才所发生在我身上的一切也是无所适从的，也是感到特别惊讶，哭笑不得。而这些丑陋的生物才不理会这些，仍旧不断向我暗送秋波，谦卑之余，又锲而不舍，以至于我的逃跑计划一次次地落空，无形的暴力将我扯向她们，直到人们看热闹看得兴起，有些人看得目瞪口呆，有些人则是开始嘲笑与讥讽我。于是我决定下车，有多远走多远，有多快走多快，但仍是无所遁形，惶惶不可终日。一段时间后，我的反应稍微温和了点，直到由于习惯后，感官变得迟钝起来，"小特赦令学派"已不再能够阻碍我去运用自己的世界观了。虽然我仍会选择逃跑，但已经没有一开始时那么夸张了，我反而常会选择停下脚步，迎接突如其来的胜利，尔后又陷入沉思。

她们真的有那么丑吗？对我而言，"小特赦令"就像是个度量工具，像白金模具，或是像巴黎塞弗尔区收藏的那把一米尺[①]。不同的是，"米"作为单位，可以用来度量比一米还要长的东西，但每一份丑陋都能完完全全地放进"小特赦令"这个模具里。客观来说，她绝非最丑陋的人。但由于她是我的第一段感情，所以没

---

① 塞弗尔也译作色弗尔，位于巴黎西南郊，是国际度量衡局总部所在地。

人能够代替她那如同度量衡般的绝对正确性。无论是客观上，还是主观上，她的丑陋，都不是最吓人的。如果我换个角度来看的话，与她比起来，那些女人的相貌就不那么让人退避三舍了。她是先驱者，其他人都只能是后继者。衍生物总是比它们的母版更为简单，而我一早就踏上了追寻简单性这条道路。简单性正是基于此，对简单性有过体验后，这种简单性就比其他东西都来得更简单了。

除了根据新的美学理论来塑造自己之外，我就不再有什么值得炫耀的地方了。丑女人使我产生的厌恶感表明了，我在这方面还有许多不足之处。但同时，此种厌恶也给我指明了方向，指明了义务的矢量，而且对我而言，厌恶本身也是最好的学校。

对这点有了充分的认识后，我摆脱了最后的挣扎。从此以后，丑陋的人可以指望得到我的宠幸了。后来，在短时间内，发生了不少事情，有些事情还是挺令人愉悦的，就像表现良好、遵守纪律的学生突然获得奖赏一样。这些好事情之一，便是征服感得到了满足，从前的我未曾尝过这种滋味。有时候，等级制度还是挺管用的，只要我们能够驾驭它。要想一切事物都能够符合与满足我们所需的新尺度与新形式，只需把尺度倒置就行，抑或是把目光移向合适的方向。这回，在运用等级制度时，我显得比年轻时更加谨慎。以前，我身处金字塔的最底层，而小A在顶层。如今，我发现，我脚下其实还有很多层。相信我，只要你愿意弯弯腰，就能立即尝到一种居高临下的滋味。腰弯得越低，你就站得越高，越显得高尚，越往底下走，你的心地就显得更加善良。别往上面看，往底下看，你就会发现，那里挤满了卑微的、心甘情愿服从于你的灵魂，它们永远钦佩你，作为对你好意的报答，能随传随到，时刻准备着为你挺身而出；你还会发现，你对他们有着多么至高无上的权力。可是，无论我怎么呼吁，对你都不起任何作用，但这也不奇怪。我就唯有老实交代了：你已经无法再往底下看了，因为你的下方再也没有别人了。老天啊，求求你原谅我在躲避丑陋之人时的疯癫吧！你也看见了，我已经学听话了，不会再犯傻了。因为，就算是天底下最大的傻瓜，看到宝藏也不会不心动的。毋庸置疑，丑陋的女人都是宝藏啊。丑陋的女人还拥有无人问津的感情与尊严的资本，一旦有人对她们产生兴趣，她们就随时愿意献出手头上的资本。我再度完成了一项重大发现，这项发现类似于在早期商品经济时代发现了市场供给原理。这发现在当时来说，应该会很值钱，因为它和我如今的想法一样，既简单易懂，又切合时宜。没错，我发现一个全新的世界，这个世界里尽是遭受到排挤、贬低与嘲讽的女人，这好像不太对啊。不，想想也许这是对的，因为如果大家不是从一开始就默许了平庸的人（即大多数人）对丑陋的排挤与嫌弃，我也就不会发现，原来还有如此多的人在渴求我的好心。人与人间那些不成文的规定，厚颜无耻的玩笑，以及毫无节制的举止，使得被压迫人群更加渴望能受到别样的对待，这对我非常有利。

我的计算非常精确，不再模棱两可，显示了如何用最少的投入来获取最大的利益。在漂亮的、人见人爱的人身上投资自己的真心实意，其利率是非常不可观的，而这类强迫性的投资，榨干了我本已所剩无几的资源。如果反过来，把最少的真心实意拿去献给残障人士，对，即使只有一粒米的量，而且还是颗有瑕疵的米（因为即便这是虚情假意，也不会遭到惩罚），这么点投资所带来的利润，就已经能使投资者一夜暴富了。你看看，金山银山，都不在话下。我就像专为穷人开了间银行，即便拨出的是小额贷款，利润却十分丰厚。我所期待的还贷方式，可不仅是他们廉价的感情。这种感情流露的确像是商品交换的货币，但是我付出自己的感情换来的这些廉价感情，顶多相当于一张收银处购物单据的价值，而这张单据只是我购买了价值更高、更持久的商品后的附属品而已。

这里要提醒一下，并非所有长得丑的人都像"小特赦令"那样，处于如此低的社会地位。丑陋遍布、渗透于每个社会阶层里。可以说，丑陋并不懂得何为国界，何为禁卫军，皇后、皇妃也可能像她们的女仆一样在镜子前哭泣。丑女人通常都能知晓惊天秘密、掌控神秘力量，而先天的缺陷使她们更为聪慧，更懂得运用大脑去思考。这个群体的人员构成非常复杂，而且潜力无限，却一直缺少一位君主。我并非在暗示，她们等着我来登上王位。因为只要把握好时机，任何人都能代替我登上王位。她们所缺少的是一个能让她们把自身无穷的力量运用在一个帝国里的人，把她们的潜力转化为具体的行动，把一盘散沙似的军队聚拢在将军麾下，使得她们联合成为统一整体。她们需要的是指导思想，只有有了思想，才能够形成组织，一个自主的丑陋者组织，一个渴望复仇的丑陋者共济会①，或是兔唇阴谋集团，癞蛤蟆与玫瑰骑士团。这位灵魂导师兼骑士团团长就是我。难以想象，这些低等生物是多么地爱戴我啊，还有那些驼背女、糙皮女、秃头女、斗鸡眼女随时都愿意为我献出生命！只要我一声令下，瘸腿女童子军队伍就能立即投

---

① 共济会，字面之意为"自由石匠"，出现在 18 世纪的英国，是一种带宗教色彩的兄弟会组织，也是目前世界上最庞大的秘密组织。

入战斗，缺牙女和湿疹女就能满足我任何愿望。你不知道，也绝不会想过，这意味着多么无穷无尽的权力啊。突然间，我开始以一种世人难以理解的方式获得了幸福与欢乐。我只是个普通的年轻人，却已在所有领域混得风生水起，逐渐超越了那些比我优秀的人。在念大学期间，我就开始崭露头角了，至少从我获得的文凭可以看出，我的大学生活过得悠然自在，我的事业前途一片光明。我一毕业就如愿找到工作，还有四处旅游的空闲时间，朋友遍布天下，这一切都使得那些比我年长、更配得上拥有这一切的人嫉妒不已。我躲避困难的能力，是最为引人惊叹的。大家都说，无论问题涉及哪个层次、哪个领域，都没有我解决不了的。诸如买到业已售罄的音乐会门票、在已满房的旅店订房之类的小事，抑或是赦免死刑犯这样的大事，对我来说都不在话下。因为无所不能，我渐渐声名鹊起。虽然这种名声是建立在夸张的言论之上，但确实也扩大了我在现实中的影响力。大家在得知我既有能力去帮助每个人，也有能力去伤害每个人时，都还没亲自验证，就先入为主，主动投靠我。而且，为了能博取我的好感，几乎都要拜倒在地上，恳求我把他们纳入自己的影响力范围。在这种相互作用下，形成了一种影响力机制，我可以根据自己的意愿，来操控这个机制。

大家都感到莫名其妙，我究竟是怎样登上人生巅峰的。莫名其妙的原因和结果，往往能使我的心头萦绕着一种不可名状的恐怖气氛，其中还掺杂着虚与委蛇的尊重。人们惧怕我，妒忌我，甚至鄙视我，即便许多人都对我毫无感情可言，但没有一个人胆敢否认我取得的成就。这对我来说都无所谓，只要不超过某个限度……或者说是不低于某个限度。总有东西能把我与群众分开，暂且说，这种东西是他们对我的恐惧吧。如果人们不爱我，那就让他们去怕我吧，让他们去依赖我吧。游戏规则是，在同等的反感下，游戏一方必须失去独立性，那就请让我一直占据上风吧。我更希望我比他们更有力量。有些人诬告我把自己的灵魂出卖给了肮脏的力量，私底下议论我是不是会使用黑魔法。

我的儿子啊，也许你对这些流言蜚语早有耳闻。对此我是这样回应的：

"都见鬼去吧！你们的话没一句是真的，请你们从此再也不要说这些屁话来打扰我的清静了！根本就没有什么超自然力量，不仅没有超自然力量，很可能什么也没有。我很难相信，我前面的这张桌子是存在的，也很难相信，我握笔的这条手臂也是存在的，更别说纸和笔是否确实存在了。而你们竟要逼我相信，还有一种超乎看似可认知的现实的存在？你们尽管跟别人说去，跟那些与生俱来就有信仰的人说去，跟那些有精力去相信超自然存在，却没力气去与虚无抗争的人说去吧。你们想知道我成功的秘诀？很简单，给我听着：我只是到处去寻找神秘的支持者和保护者——低等生物。很难再给出一个更合情合理的解释了。"

如果在我想起低等生物们时，并没有触及让我悲痛的事情，或是，更糟糕的是，触及未能解释清楚的事情，我早就想这样说了，我也几乎已经这样说了。究竟谁是低等生物？

我似乎之前已给过你暗示：她们是不幸福的女人，愿意通过向我献殷勤，来索取幸福。她们是一定数量的寂寞形象，直到我把她们转变成一个团体组织。但这个答案会不会是对我有利的、稍显偏袒的解读呢？它会不会与真相背道而驰呢？会不会只是我生怕自己配不上自身所扮演角色的一种挽救措施呢？

刚才，我给你描述了我对权力的痴迷程度。它出于这样一种假设：我处于主动的地位，而她们只是工具。如果将假设颠倒过来，我对权力的痴迷便会消失得无影无踪，取而代之的是一种完全别样的感觉：奴隶般的绝望。

谁又能向我保证，古往今来，就未曾出现过这样的丑陋者组织呢？我的确是没有证据，但我察觉到了一些迹象，但这些迹象也很有可能是怀疑论者杞人忧天的体现。我缺乏证据，但这并不妨碍我去质疑证据究竟存不存在。也许，以前人们特意对我隐瞒了这类组织存在的事实，给我造成一种我是发起人，而且是绝对权威的假象。这样做，是为了能充分利用我的热情，让某些人达到目的？这很狡猾，我的创意，我的征服，都是假象，也许我实际上只是个工具罢了。莫大的骗局啊！这个骗局之所以如此完美，是因为这个组织本身就运作得很有效，它的奏效证明我和这个骗子之间的力量差距是有多么明显，证明我失败得有多么彻底。在这瞬间，我看待细节，看待事件的角度发生了变化……君主抑或是工具？没有！在我之前，没有类似的组织，也许没有吧……这只是因为，我老是把看似偶然的事件联系起来，找出它们的前因后果，老是把无形的东西摆放到秩序当中去，任何秩序都可以，即便这种秩序对我不利。你可别模仿我，这是命令！这些疑惑虽不是思维弱化的产物，却是灵魂堕落的无用产物。相反，这种思维是要被诅咒的，就像两耳不闻窗外事的技术人员、将自己的心血倾注于一门手艺的大师，以及从不停止毫无激情的工作的偏执狂工程师均要受到诅咒一样。他们不断地提出一切可以提出的假说，只是为了让灵魂疲惫不堪，一点也不在乎这是否有意义。我可是一个孱弱的病人，只可惜孱弱的部分不是思维。

回到刚刚的话题,如果我们承认,低等生物们在我之前就成立过类似的组织……那她们的人格又是怎样的?

数个世纪以来,人们都有种直觉:丑陋中蕴藏着力量。不正是因为这样,人们才害怕和厌恶丑陋吗?但这个问题有双重含义,而我需要的是更为具体的答案。这个答案将决定,我是否要停下脚步,虽然这有点丢人,但终究没越过理智的界限;抑或是我将跨越这条界限,置身于令每个人都生畏的黑暗①中,更别说是习惯于光辉思想的人了。

问题的双重含义如下:

人们之所以害怕丑陋,是因为丑陋蕴含着力量,丑陋只是力量的外在形式,还是因为丑陋里蕴含的依然是丑陋,再也没别的了,而力量只是其附加属性,是丑陋的雇佣军?力量会不会转化为丑陋,丑陋会不会转化为力量?力量是丑的吗?丑陋是有力量的吗?

遗憾的是,几个世纪以来的经验告诉我们,第一点是正确的。用火堆烧死女巫,不是因为她们丑,而是因

---

① 此处的黑暗,为共济会的行话,高尚无知的象征,用来形容暂未有资格掌管秘密的成员。

为她们掌握巫术。人们镇压的首先应该是某种力量，而丑陋只是这种力量的一个外显症状。但这究竟是经验，还是某种惯性，某种建立在错误观念上的惯性操作呢？也许是因为，人们本来可以理智地推测，丑女人的力量是得益于她们的丑陋，就像是独足人剩下的那条腿能够这样完好无缺、强壮有力，是得益于之前失去的另一条腿一样，但人们却选择不这样去推测，而是放飞自己的想象力，这本应该是再平凡不过的补偿机制而已，人们注意到的却是……姑且这样说：撒旦。

我本来可以……至少我本来可以不用这个词的。这些低等生物究竟是怎样的一群人？

她们中世纪时犯下的错误，我们就不要再重复了。如果在此之前就已经存在某种类似的组织，那它也不会比我们这个时代所出现的第一个合作社厉害多少。我向你保证，即使我参加最超乎想象的原始狂欢派对，也能克制住自己，保持着理性的态度。我们所庆祝的安息日①，是单纯的世俗节日而已。如果考虑到我们当今社会上标准的民主、平等思想，这安息日就可谓有点启蒙主义时代的遗风了。确实，这些安息日就像是有着启蒙

---

① 安息日是犹太教主要节日之一。词义本意为"七"，希伯来语意为"休息"。犹太人谨守安息日为圣日，不许工作。文中所指的安息日是指除却宗教元素的世俗节日。

运动和进步思想灵魂的现实主义下的集会。看，圣方济各大教堂下有一名叫小娜（化名）的女乞丐，她旁边站着的是娜王后（化名），她们每天就只在这里见面，娜王后总是给小娜送救济金。如今，她们俩都要听从我的指使。平等、博爱①……你还想要什么？这不就是我们新式的、理性的文明的根基嘛。

剩下的只有蒙昧和迷信了。当然了，我们时不时也跑到城外去看看。但今时今日，每周一次的郊游，其目的仅是为了获得来自群众的长久支持，如果还要去发掘这种郊游当中的邪恶意义，就显得尤为可笑了。我们作为第一批游客，应该受到尊重，因为我们无论受到何种愚昧无知的诽谤，也坚持当社会进步的排头兵。当然了，当黑暗把我们吓着时，我们会燃起篝火。当农民阶层的人看到火焰熊熊燃烧时，就会回想起祖祖辈辈流传下来的民间传说故事，尤其是当狂风呼啸，风暴将至的时候。

星期天

虽然我从这个联盟中获取的利益是不可否认的，我

---

① 原文为法语。

也的确是取得了巨大的成功与胜利,我仍感到危机四伏,仿佛我那摆在眼前的胜利并不真实。我仿佛已预见到,在不久的将来,事物将重获正确的尺度,而我作为一个谋权篡位者,将被从皇座上押下,我将悲恸欲绝。这种不确定性,如同沦为了地下组织一样的感觉,它之所以如此强烈,是由于我虽然一直努力,坚持认为自己所做出的选择是正确的,但一直都没能获得真正意义上的成功。一方面,以理性的角度来看,我认为低等生物们很美,几乎很美,至少也不丑吧,因为根据我的理论就是这么回事。另一方面,这一方面已不受控制,很不安分,很不理智——我仍觉得她们丑,十分恶心。我心里好像有种声音悄悄跟我说,美不在此处,美在别处。这是不受理性约束的悄悄话,但我不知如何才能让它打住。与此同时,我也总是在想象,力量、影响和意义这三者理应属于美的世界才对。这种思维定式的确是有点毫无根据,但它却深深扎根于我的内心。所以,如果我做不到毫无保留地承认低等生物的美,再加上我的胜利还必须要归功于她们的话,那我的胜利就可谓是一场大骗局了。我老看着她们,也不感到厌倦,因为在最佳状况下,如果不说她们虚幻的话,也只能说她们伤风败俗。在游戏中耍诡计确实是可以胜出,但我怀疑,这样的胜利能否彻底满足我,即能否让我找到确定的自我价值。我的满足感的内部仿佛已被掏空了，因为直觉告诉我，它的分量不重，无论是现在，还是将来。然而，在我本该服输投降的时候，我胜利了。胜利在我眼中不断膨胀，我身体的知觉可以证明这胜利是货真价实的。真实可触的成功接踵而至，我由此赢得了全世界的认可。那么，这场针对我的阴谋，就一定不会变得比我所预料的更难以破解吗？这是否仅仅是一场大型电影剪辑？丑陋的女人不仅把力量、影响、意义三者据为己有，还把整个世界调整了一下，使得"无立场"的观众为她们的那些阴谋诡计鼓掌欢呼，为的是令那些诡计合法化，以"事实"为它们正名。这样的话，就不仅是在游戏进行期间耍诡计了，而是整套游戏规则，从一开始就是伪造的。因此，不是我骗人，而是我被骗了，我无奈地被卷入了这场虚假的游戏当中。我还取得了胜利呢，这也让我看起来更像这场骗局的受害者。

我十分怀疑，她们是在针对我，在我面前隐藏真相，因此我渐渐变得对她们残忍起来。我的残忍是作为对她们卑鄙的一个回应，这种回应永远不会有上限。我尽情地释放着怒火，我变得愈加卑鄙与狠毒，不断满足自己的虐待狂欲望，这对我而言，没有一点不公正的成分，反而毫不过度，恰到好处呢。低等生物们在面对欺凌时所表现出来的那种谦卑，使我更加确信自己的回应力度还可以更加猛烈些。反而，她们的谦卑，恰恰说明了她们将我玩弄于五指之间，依然对自己所占的优势持有信心，根本就不把我的卑鄙与狠毒放在眼里。她们的逆来顺受，简直就是火上添油，让我意识到自己力量的不足。这种无力感，撕开我的旧伤口，在我感到痛苦不堪时，我便变本加厉地回馈，用火来烤炙她们，把她们殴打得屁滚尿流，把她们折磨到几近窒息。与此同时，我仍由于缺乏信心而感到手足无措，惧怕永远也不会看到成功来临的那一天。

　　我这样子报复低等生物，大概是因为我没能耐去欣赏她们的美吧。我既不懂得如何去说服自己，让自己相信她们真的很美，也做不到承认她们很丑。结果，这种分裂的状态便开始重现，即"这个"和"那个"之间的鸿沟。所以，我的报复行为大概是拜我的精神分裂症所赐吧。但是，这种动机过于私人了，我还是不承认为好。我想到了某种更浪漫的动机，更应该说，这是某种特殊使命：一个以美之名来折磨丑的复仇者。在该使命的驱使下，我先是为了丑而献身，然后因为丑不是美，而去惩罚丑。献祭自己，献祭自己那天生对自然美的爱慕，摒弃掉它，为了它，为了美本身。就像是有人为了报效祖国，而佯装成叛国贼，以潜入敌军后方，获得敌人的指挥权，继而当上君主，之后便可以大肆虐待治下的臣民们，而这些臣民，恰恰就是他之前所假装摒弃了的祖国的敌人呀——这可谓是对自己祖国最好的报答。这种认知方式使我更能接受自己的悲惨处境，为这种处境增添了至少是表面上的意义，也使我在折磨低等生物们的同时，良心上能稍微过得去，如果美是上面比喻里的那个被背叛的国家，那我觉得自己还是这个国家的公民，我即使被无情地排挤、流放，但我的身体里仍然流动着高贵的血液。之所以这样说，是因为这种认知方式是否可行，取决于它是否有一个明确的、唯一的选择。可是，我选择的是"反低等美"，这个选择也不一定是明确的、最终的。相反，我还试图去与"反恐龙美"对抗。因此，"反恐龙美"不可能成为那个关于爱国者的比喻里的祖国，那么方才说的整个认知方式也就分崩离析了。当我没有去背叛自己所做出的背叛行为时，我就既不是叛国贼与爱国者的结合体，也不是单纯的背叛者，因为，如果我只爱低等生物是一个事实，我也努力地去接受这个事实，我就肯定不是一个背叛者。

况且作为复仇者，我将处在一种模棱两可的境地中。先是和"小特赦令"产生联系，然后和低等生物们产生联系，我确实也是复仇了，但我是向谁复仇呢？为了什么而复仇？根本就不是向丑陋复仇，仅是因为丑陋而向美复仇。向"那个"美复仇。当我为了向美复仇而屈服于丑时，又怎样能同时以美的名义，来折磨丑呢？为了丑，我去虐待美，那我还需要借助丑，同时为了美，继续将虐待进行下去吗？真是个翻手为云覆手为雨的、灵活变通的复仇者。在任何情形下，"高贵的背叛者"听起来都不像是动机单纯的产物，最终我还是想把连我自己也不确定的复仇者打发走，否则复仇者只会让我难堪不已。

把我和低等生物联结起来的，其实只有一样东西：对美的嫉妒。她们妒忌美，是因为自己不属于美，我妒忌美，是因为我没能拥有美。拥有共同的怨恨，比起互惠互利，更能把我们联结起来。但有个微小的差异：她们是打心底里恨美的，因为她们很清楚，自己永远也不会属于美的范畴。而我呢，并没有打心底里去恨美，因为我一直都有机会能拥有美。我的恨，是十分小心且谨慎的，这可以说是真爱吧。因此，我对低等生物，才是真正的恨啊。

一切都慢慢逝去：我恨我不认可的，我认可我恨的。我不要我爱的，我爱我不要的。一切都逃离了。我也是——我甚至还没选择逃离的方向。

星期天下午

要知道，如果在我理论允许的范围内去认可美，我也就找到了征服美的方法。直到那一刻为止，我都没能完全做到这一点，但只是因为我太过不理智，太过倔强，一直想运用自己创造的理论来衡量人生，而不想再往高处上升一层，换句话说，就是根据理论来调整理论。人很难说服自己去喜欢一个自己不喜欢的女人，即使理论要求他应该要去喜欢她。如果理论说，一件艺术品是美的，我们还是会有点半信半疑，这时要喜欢上这件艺术品，会比前者容易。如果要喜欢上的不是艺术品，而是艺术品的理论介绍，那就更简单了。这时我们只要根据理论稍微调整一下这份介绍就行。如果一切都符合——我们就可以去接受，去喜欢它。如果有一点不符合的地方——我们就把它扔掉，不再喜欢它。如果这份简介能够证明这件艺术品的确是美的，但证明它美的过程并不符合我们的理论——也没什么好怕的，我们可以涂改掉这份证明，然后巧妙地从它的理论介绍中推导出我们所需要的论据，再把这些论据添加到证明里。通过这种方式，我们也许还能得出结论，说这件艺术品其实并不美，反倒是残次品。如果从那份简介中，我们不能推导出想要的正面或反面论据，也没人能阻止我们去把那份简介重新撰写一遍。我们可以如法炮制出一份全新的备案登记，精心挑选那些对我们有利的要素，摒弃掉那些对我们不利的要素。如果我们还是不愿意这么做，那我们还可以直接在已有简介的基础之上，根据自己的需要，进行修正。但有谁会蠢到不愿意这样做呢？

我们还可以绕开艺术品本身，直接撰写简介，开具证明，这样做并没有任何风险。我们可以把其中一些东西命名为美，同时贬低另外一些东西的价值，这难道不是莫大的愉悦吗？感觉自己仿佛是一位司令官，能随意地颁发或是没收给士兵们的肩章。艺术品只能安然地接受我们的审判，不敢咒骂我们，更不会激动得拳打脚踢。而当我们给艺术品奖赏时，它们也仍会保持沉默，我们姑且把它们的沉默看作是一种报答吧。最坏的情况嘛，也许会有另外一位同等军衔的司令官出现，他能随意把我们方才摘下的肩章，给士兵重新佩戴上，把我们佩戴好的肩章，又重新摘下来。但这也没关系呀，我们至多把肩章捡起来，把他给我们摘下的肩章重新戴好，再把他给我们戴好的重新摘下不就行了。况且我们和他的军衔是一样的，只要能保证我们有权利完成摘下和戴上这两个动作，那就足矣。于是，我成了一名职业美学家。由于不懂得如何待人处事，我便投奔进无生命的物品世界里。在这个世界里，我能够大胆地运用和改进我的理论，不必担心结论会给我造成任何麻烦。在封闭的理论圈子里，结论也仅是理论的一部分而已。我确实也遭遇了不少反对者，但他们仅仅停留在用话语回击我的话语，物品本身没有给他们造成麻烦。物品总是和我站在同一阵线来反抗我的反对者们，物品虽是被动的，但它的被动性恰恰是忠诚的保证呀。这是美，之前还老是想从我手掌心里逃跑，现在突然变得像石头一样麻木，毫无知觉。我用双手把它捧起，抓得紧紧的，其实用不着那么紧，因为它不会自己挣脱。我能够把它翻来覆去，放到一旁，又重新捧在手里，彻头彻尾地检查一遍，甚至用牙齿咬几下，就像检验金币的真伪一样，一言以蔽之，玩弄于股掌之间。

而有生命的美难对付得多，不仅仅是因为这种美有名字，会变化、会逃跑、会攻击，还常常待在原地不肯动，最主要是因为，不清楚它究竟存不存在。也许存在过，也许在不久的将来也会存在，但就是不能肯定，在过去和将来之间——即现在，它存在吗？

在艺术品中，确实是存在美的。总算是存在了啊！此时此地。它不动。就像在罐头里的食物，一动不动。在任何时候，我们都能好好地欣赏、保存、消化它，而且不会受到数量的限制，我们还可以把整个食物储存室的罐头都摆放出来，想什么时候好好享用都行，既舒适，又安全。吃鱼糜酱并不费力，也无须多大的勇气，而想要捕获白鲸莫比·迪克①就非常辛苦劳累了，甚至要为此付出生命。因此，我把各种文物遗迹当作牡蛎一样，一口吞下，像骑着毛驴一样，坐在罗马式大教堂顶上。我觉得，不计其数的世界著名油画作品，就像是用不同历史时期的文化做成的烤面包上的鱼子酱一样。我之前在小A面前还瑟瑟发抖，现在就算是面对着最宏伟的哥特式建筑，也面不改色。以前，哪怕是她的一个微笑，对我来说都是致命的——她那美妙的双唇如弓一般，能轻易把箭射穿我的心脏——现在我却能对付最危险的经典作品。这也很正常，我会为了这么动人的征战燃起热情，我把这些征战看作对我在别处失败的补偿。而在别处——我和"小特赦令"结婚了。这是绝望的一步，这一步要把我从绝望中解放出来。我越是不确定，我是否真的不喜欢丑陋的女人，我就越觉得，即便要通过暴力和胁迫，也有必要去消除这种不确定性。我的理智在与不确定性的斗争中败下阵来，被后者所彻底摧毁。如果理智确实是理智的话，那不确定性就不应该

---

① 《白鲸》是19世纪美国小说家赫尔曼·梅尔维尔的长篇小说，小说描写了亚哈船长为了追逐并杀死白鲸莫比·迪克，最终与白鲸同归于尽的故事。

存在才对。我此前已颁布法令,宣布理智成为我的代理行政长官,拥有绝对的无限权力。因此,不确定性玷污了我的名声,挫败了我的傲慢。傲慢命令我为理智而发声,为理智作辩护。完全投身于一时做出的理性选择,不给自己留退路——这是对疑惑的最好回答,要知道,虽然我早已撤销了疑惑的发言权,它们还是在一旁叽叽喳喳,从没消停过一刻。那样的话,就没人会说,我对自己早已决定的事情不够坚定了。

在这桩婚事中,低等生物们也是有利可图的。我和"小特赦令"的结合,等同于与她们的结合。我和"小特赦令"结婚后,她们就觉得,与我的结合也是板上钉钉的事情了。我和丑陋的协约,给我带来了形式上的制裁。因此,低等生物们非但不反对这桩婚事,还尽其所能地为我们牵线搭桥。

出乎我意料的是,我遇到的唯一阻碍竟然来自"小特赦令"。在我求婚时,她表现得疑心重重。我是她想都不敢想的一类人,因此,她的不温不火让我尤为恼火。我还会因她没感到自己的独特出众而更加痛苦,但我有权猜测,至少这对她来说并无多大意义。我是在城郊的餐厅里向她求婚的,这也是我第一次带她到那里去。当时我想,这么神圣的时刻,总得选个特别的场所。我的求婚意味着,从今以后,我还会带她去更高级的餐厅。我一想到这心里就觉得特别难受，但她好歹也得为此而感到幸福才对啊。而当我向她求婚的时候，她在笨拙地啃着黄瓜，像是心里在想着什么别的东西。"想"这个词用得不太恰当。我以厌恶的目光看着她那张毫无特色的脸，我自己都觉得自己是个值得敬佩的英雄了，能为了理想与信念蒙受损失。我是英雄主义、慷慨大方、高贵血统的化身，我的身上尽是伟大的事物，而她身上有什么？我所面对着的这副身体上能有什么？她告诉我她得考虑下，"考虑"这个词用在她这种水平的人身上实在不合适，同时，这个词也超出了我的忍耐范围。之后，我们喝得烂醉如泥。但是当我夜晚酒醒时，好不容易抬起头来，才想起她在那儿，或者说想起了她这么多年来所发挥的作用，很想她能再次在约会尾声发挥下自己的作用，但椅子上早已空空如也。她没提前打声招呼，就独自离开了。

之后，我们再次在老堡垒见面时，发生了一件特别奇怪的事情。准确来说，当我向她索求我通常需要的服务时，她竟然把我推开了。对，你没听错，她把我推开了。我感到无比震惊，以至于我没敢强迫她，但是——我忘了，和她是不能用言语交流的——我用从未对她用过的礼貌语气询问她："怎么了？"

"等结婚以后再说吧。"她答道，同时让我明白，她是同意结婚的。我想,婚约还没落实,她就这么快翻脸不认人了。就这样,我比以前变得更加惧怕结婚了。但是,与"测力计"的经历不一样,我的这个决定已经众人皆知了,低等生物们也掺和进来,远超出了我个人私事的范畴,我想反悔已经几乎不可能了。我们家乡熟人太多,所以我们选择离开,去开始一段新生活。我们的婚礼是在一间著名的大教堂举行的,当然了,作为一名美学家,我也曾仔细鉴赏、研究过这座教堂。低等生物们为了让婚礼看起来更隆重些,可是耗费了不少心思,如果没有她们的话,婚礼肯定是不完整的。神职人员从来没见过如此庞大的女性队伍,更别说是这么一群铺天盖地的丑女了。即使他们早就对那些来教堂寻求慰藉的女性宗教狂热分子,以及各种有身体缺陷的人习以为常,但我能发现,神父再怎么努力,也压制不住自己的恶心情绪。我可怜起神父来,因为他必须为了自己的恶心情绪而感到羞愧,这也难怪,神父理应是最没权利感到恶心的人了。要知道,婚礼在他看来,是如此动人、如此美好……于是,他尽力控制住了自己的情绪,可现场的状况的确是超出他的承受范围,而我承受过太多人格分裂所带来的痛苦,很难不注意到,神父的脸因怪异的抽搐而变了形。这是意志力联合理智与本能进行的一场战斗,战果很显然,这张变形的脸说明了一切。

我很同情他，但我不能同时安抚战斗的双方。音乐奏起，娜王后在低声哭泣，女乞丐小娜也拿到了巨额救济金。然而婚纱之下的"小特赦令"却不见了踪影，大概是因为我没把注意力放在她身上吧。我娶她时，她就应该和以前一样，无论外在，还是内在，都不应该发生丝毫改变。只有这样，整个计划才有意义。可是，把她之前的模样展露给外人看，让我感到很没面子。我暂且把她关在家里，并对周围的邻居声称，她生病了，需要静养。但她总不能足不出户啊，因为她的丈夫有职位、头衔，是一位美学教授，拥有这种地位的人，是绝对有必要出席社交场合的，某些涉及形式上的东西，也要特别留心注意。因此，我还是忍不住要给她添衣打扮了。我骗自己说这样做仅仅是为了装个样子，但实际上，这样做是为了我自己，为了居家用途，为了在我们两个人的相处中，我能感到更轻松自在点。

"小特赦令"换了一个居住环境，暴露在另一种光源下，也增添了不少身外之物，最重要的是，拥有了自己的头衔，她变得和我同事们的妻子、女儿相差无几了。能肯定的是，没人会觉得她美。她的丑陋并没有消失，但如果从另一个角度来看，她的丑陋程度发生了变化。此前，她就像摆在单一光源下的空荡荡的、洁白无瑕的、光滑平面上的一个物体。现在，还是同样的物体，只是摆放在一个挤满各种混搭风格的古董家具的空间里，这个空间流光溢彩，周围尽是各式各样、奇形怪状、用途不一的物品。而她这个物体，融入背景中，插入到序列内，嵌入到组合里，已经不是一个能吸引目光的绝对存在物了。眼球忙于把所有物体逐一秩序化，无暇顾及她这个物体，眼球即便要转向她，也只是匆匆一扫，还得换种方式才行。无论怎样，我所惧怕的丑闻，最终并没有发生。要说到她的思维——我的天啊……我要告诉你，全新的看待问题的方式对她的思维有着怎样的影响，还真有点难为情。在"小特赦令"变成教授夫人后，本不该在她身上发生的事情发生了。可惜的是，我不能自欺欺人。大家公开认为她只是丑陋的化身，而不是不可接近的梦魇，可那又怎样？（我承认，这还算好了。）我明白，事情究竟是怎样一回事，我也明白，这桩本该把我从绝望中拯救出来的婚事，只会给我增添新的麻烦了。从一开始，我就有所顾虑，娶她为妻的那一刻，也是断绝自己后路的一刻。我想试一试遵从斯多葛派①给我提出的建议，他们认为，如果一个人已经无欲无求了，就不需要想方设法去满足自己的欲

---

① 斯多葛派强调顺从天命，要安于自己在社会中所处的地位，要恬淡寡欲，只有这样才能得到幸福。

望,也就能得到心灵上的宁静了,达到"无欲则刚"的境界。但有个前提,这个人必须深谙这一道理。为了达到这一目的,我需要一个既定的事实,需要一件我不能再反悔的事情,需要一件我不再能制止其发生的事情。我想置身于一种破釜沉舟的处境下,这是因为在意识到自己别无选择时,我也就能找到自己的最终出路了。

可以肯定的是,这个任务的前半部分我已成功完成。我和丑陋之间的联系已达最大限度了,我不能接受比这更加紧密的联系了,在清楚自己要与丑陋一直保持联系后,我能做的只有不再执着于丑陋引起的不适,不给自己增添麻烦,踏踏实实过日子了。这是不可能的。首先,我仍然时不时回忆起自己自断后路时的情形,然后为了惩罚自己当初干下的蠢事而扇自己耳光。我一想到自己早已没有退路时,就感到激动不已,但我仍忘不了,我曾经还是拥有过出路的。其次,现在把自己和丑陋捆绑在一起,我并不比以前少遭多少罪,即使我和丑陋的共同生活是与世人隔离的。即使我的眼睛没有一刻离开过丑陋,丑陋也没有因此而改变模样。我达到了一种无论哪个斯多葛派拥护者都不敢靠近我一步的境界。虽然斯多葛派可以找借口说,我身处万劫不复之境,是我自找的,并非上天的安排,他们都会认为,我的做法，并非罪有应得，而是自讨苦吃。如果希望基本上已落空了的话，我就很难不去好好思考下，我和"小特赦令"的婚姻究竟能给我带来什么好处，就算是实用的好处也行啊。我给自己找到了这样的解释："如果你的妻子很美，你就该担心出现第三者了，而和'小特赦令'在一起，你不会有这样的苦恼。你可以静下心来欣赏艺术品，也可以躲到图书馆某个角落去读书。也就是说——在你接近美丽女子时，不是她得到你的宠幸，而是你得到她的垂青，属于高攀。而和'小特赦令'在一起，这样的事情绝不会发生。是你自降身价来接纳她，属于低就。由此，你可以每时每刻都让她谨记这一点，这能让你一直保持好心情。还不仅如此。她丑陋的外表还能让世人觉得她有内在美，而且，他们不仅凭猜测来得出这个结论。你看，如果你不是贪图她的美貌，那你要和她结婚总该有个缘由吧。因此，整个社会慢慢开始挖掘到她的美德，大家将会一致认为她是个很优秀的人，你也总算是为这个全身充满缺陷的社会个体做了件善事吧。此外，你无法抑制住你对她感到的恶心，这就会促使你在工作、职业生涯和社会活动中去寻找替代品，让你在实现目标时干劲十足，要实现的目标越是远大，你与她的距离就越遥远，这不正是你所期待的吗？这也就难怪，你在短时间内能取得别人多年都难以取得的成就了。另外，你还能随时出轨，不必担心良心受到责备，你这是由于婚姻不幸才去另寻新欢的，每个人都会原谅你。"

在信的开头，我告诉过你我与你母亲的结婚动机，我记得我说过这样的话："出于我的自尊与自爱。"你现在该明白这是为什么了吧。如果你再想深一层，你会得出结论，自尊与自爱扮演的角色非常重要。没有第三者的威胁，还能有满满的自身优越感，我就可以心无旁骛地投身到事业当中去了。然而，她自己反倒不认为自己丑，这点让我感到非常恼火。她从来就没往这方面想过，一点自知之明都没有。在这方面她与低等生物们是不一样的，但在我意识到这一点时，我们已经结婚了。如果不是我备受她丑陋的折磨，我是不会去理会她表现出的那种自我满足感的。如果她对自己那副尊容存有至少一丝怀疑的话，我一定会选择原谅她的。如果她能给我一个不确定的目光，恳求我的原谅，那就更棒了。那时我就能安抚她，或许还会因此而喜欢上她……但没有，从来没有。我根本不需要向她隐藏我的痛苦，所以我尝试让她自己想明白。但该有的暗示都有了，我毫无顾忌地对她使用各种污言秽语、冷嘲热讽，但语言暴力没法动摇她那钢铁般的自信。我是出于怜悯才和她结婚的（对，出于怜悯，因为之后我告诉自己，这的确是我的动机，为的是让自己显得更高尚），抑或是出于鄙视也好，出于仇恨也好，出于利益也好，这都不重要，能肯定的是，我绝不是因为沉醉于她的美貌才娶她的，这点她难道还不明白吗？似乎她还是不明白，至少她从来没给予过我满足感。我还可以折磨其他低等生物，但折磨她就是不行。或许她是在假装没读懂我的心思，她刻意这么做，来剥夺我在这段婚姻中唯一的乐趣。她从不服帖，也从不求饶。一年一次，我都会到外地出差。但每次去的不是我所谎称的出差地点，而是偷偷地回到家乡。我偶尔会先在酒店休息下，再出门到公园里去逛逛。我坐在长椅上，假装在读报纸，同时用报纸遮住脸，不让人看见。如果天气晴朗的话，用不着等多久，就能看到小A沿着林荫小道缓缓走来，她手推一辆婴儿车，车上坐着一个肥胖（这让我很开心）而又不太可爱的孩子，她身旁还有两个年纪大点的孩子。我最为享受的，就是看着小A如今的脸庞，她脸上的皮肤已经有点松弛，变得黯淡无光，显然是韶华已逝，红颜渐老，她往昔的美貌，早已不见踪影，只能隐约看到一些痕迹。一两年后，如果我再能见到她的话，估计连这些痕迹也会慢慢变得模糊起来，最终了无痕迹，仅存毫无美感的脸，我开始独自幸灾乐祸起来。

她坐在我旁边的长椅上。有时候，她边看着前方独自发呆,边整理头发,其实她还算得上风韵犹存。但这已没什么意义了,在公园里散步的都是些老人和孩子,她吸引不到别人的目光。她肯定不知道,有某个人正在注视着她,她也不知道,其实可以用仅存不多的美貌来再次伤害这个人。她其实还可以的,还可以,只要她能耐心点,可惜留给她的日子不多了。几个小时转瞬即逝。她一会儿织下毛衣,一会儿在看一本封面有点褶皱的书。她还打开三明治的包装袋,给孩子喂了点后,自个儿吃了起来,嘴里咀嚼着。棒极了,还有比看美丽的前任女神咀嚼东西更让人释怀的事情吗?她拉了拉袖子,丝袜上能看到个补丁,她用一块绿叶遮住鼻子,大概是怕长雀斑。她爱遮住就让她遮住呗。反正用不了多久,即便是牛蒡叶子也毫无用处,因为那时候的她将没有任何东西需要遮掩,希望她那时能顿悟到其实她身体无论哪一部分都已经不再需要遮遮掩掩了。终于,她把袜子、纸片等物品放回到针线盒中,牵着孩子们回家了。从远处看,尤其是只看她背影的话,会显得年轻、貌美一些。但这只是幻觉,也幸好只是幻觉。她消失在树林里后,还能听到一阵单调重复的婴儿车轮子发出的叽叽声,估计是很久没上润滑油了。她这不是没尽好一个当母亲的责任吗?这声响渐渐消失在公园大门之后,消失在城市的喧嚣中。

我叠起报纸,回酒店休息去了。我每年都进行一趟同样的旅行。每次出门前,我都有种预感,我旅行归来时绝不会感到失望,每次见到她,她都比上次更丑些,屡试不爽,这让我窃喜不已。

星期天傍晚

为什么?如果美的逝去能让我感到愉悦,为什么丑的诞生就不能呢?我指的是,你的诞生,而不是暗指小A身上那渐渐产生的丑陋。

我永远不会忘记这一刻:那是我第一次见到你,你那残缺的细小的躯体,平坦的头颅,那无法驯服、疯狂至极的丑陋,都汇聚在你那张小小的脸蛋上。我对你感到双倍的恶心。看到你这样子,我不能忍受她,也不能忍受自己。为什么我不能忍受她?想必不用解释了。那为什么也不能忍受自己?我这就告诉你。看着别人的美丽慢慢逝去,与看着自己的丑陋慢慢诞生,是截然不同的。因为无论如何,你都是我的儿子,你的丑陋即我的丑陋。我本人并不丑,因此,你的丑并非脱胎于我的身体条件(这也不由我们决定),而是脱胎于我的行为。正是我的行为,造就了我和你母亲的婚姻。我的行为是不必要的,我完全可以不这样做。所以,你的(我的)

丑陋，也是不必要的。如果说要生活就意味着要去承担后果，即使要承担不好的后果，我也是可以接受的。但如果说，我的生活方式也会导致相应的后果，这我就没预料到了。你的出现，可以说让我遭受到了事先没有预料的良心谴责。

  你一直埋怨我对你的厌恶和反感，你的埋怨也不是完全没道理。我只能这样子来安慰你了，要知道，你的丑陋外貌并非我厌恶的对象。在你身上，我看到的更多是我有多么恨我自己。也许这句真心话能让你心里好受些吧。此外，这也是第一次，我的感觉和我的理论能真正达成一致。如果这种一致不是由于你的丑陋才达成的（这是个令人悲痛的事实），我就把这难得的一致看作是成功了。我再也不能像以前为"小特赦令"辩护一样，为我的理论辩护了，就算单纯从理论上说也行不通。我的理论宣称，必要的东西是美的，因为是"简单的"，是必要的原因到必要的结果之间的最短路径，其中，结果必须和目标一样。但显然你不是必要的，你是偶然的，不知从何来，不知往何处去。"自然的简单性"法则不适用于你。你躺在摇篮里，这么渺小，这么不堪入目，你的降生本来就是个错误，对这个世界来说，你是多余的。

  我的确不想你出生，她也应该不想你出生才对。我明白，正常人都希望通过繁殖来延续自己的存在。但要是丑陋也想无穷无尽地繁衍下去，这我就难以接受了，这让我恶心至极。

就算你已经存在了，你也要知道，你本不该存在。

然而你存在。但没人知道，这或许恰好是问题的解决方案呢。我们再仔细分析下这个问题。

第一阶段：你不存在。

第二阶段：你存在。

第三阶段始终还是会到来的：也许你又重新不存在。

这三个阶段的划分只是暂时的。当且仅当我们从"第二"的角度来预测时，第三阶段就仅仅是现在的"第三"。当这一阶段完成后，也不再会是"第三"了，因为它会变得与"第一"一模一样。你将不存在，就像你之前不存在一样。你将不存在，似乎你从来就没存在过。

与此同时，第二阶段也会消失不见。然而仍有必要沿着这个思路，再付出一点点努力就足够了。

当然可以让事物沿着自然的发展路径发展下去。只需要等到它自己走到终点。但等待很不安全。我怕在这期间，你又会繁衍后代。你快成年了，安全形势越发令人担忧。

我寄希望于你还没干过那事吧。幸好,我一早决定把你关在学生宿舍里,这样子你至少不会干些出格的事。我也寄希望于你那令人望而生畏的外表。但是,我们还是别自己欺骗自己了。我所剩下的生命不长了,甚至连一年都不够,我不可能一直监督着你的行为。我也没天真到会认为,就凭你那难看至极的脸,就能妨碍我血脉的传承。大自然总是盲目地让细胞增殖分化,不论细胞的质量好坏,难道这我还不清楚吗?我也清楚,女人中也是有性变态的。因此,我都不要求你向我发誓,也不恳求你在错误的道路上停止前进了。我很清楚,你肯定是不会兑现诺言的。

所以,我们应当加速事物的发展。

难道你就从未考虑过这种可能性吗?

别给我装了。每个人都曾有过这样的想法,特别是像你一样的年轻人,你也不是例外。如果比你更愚蠢、比你拥有更多缺陷的人都考虑过这点了,你肯定也考虑过的吧。退一万步来说,如果我失算了,你从来没想过这方面,那你还有什么可打算的?你甚至都不能预料到,自己会变得很不幸福。你已经很不幸福了。你也许好奇,为什么当时我没有替你了结一切?这样的话,我现在就不用去恳求你的好意了。如果我那时候下定决心做这种事情,简直就易如反掌。我只需给还是婴儿的你喂药时，增大药的剂量，或者故意打开窗户，让穿堂风呼啸而过，让你染上重感冒，就是类似这样的伎俩都能了结一切。再加上，你小时候本来就体弱多病，绝对没人会发现这里头有什么不寻常的地方。当然，我只是这样想想而已。我的拖延症又犯了，就像曾经面对"测力计"一样。很不幸的是，这又得取决于我一个人的意志。"现在还不急，"我曾这样欺骗自己，"放心，他没这么快长大的。"就这样，你慢慢茁壮成长，要想解决掉你，也就变得越来越困难了。然后……然后我安慰自己说，正是因为有你，"小特赦令"才可能会愿意回来找我的。

　　你没听错，她早就离家出走了。我没跟你提起过这件事。在你还很小的时候，我有一次告诉你，你没有妈妈，而且你以后再也见不到她了。也许因为这样，自那一刻起，你对她怀有了不恰当的情感。在你还没懂事时，你其实是见过她的。但是，你要报答的人是我，而不是她，你是属于我的，而不是属于她的。我才是把你抚养长大的人，我未曾离开过你半步，还给予你接受教育的机会，为你安排前程。你现在总算是知道了吧，你的妈妈才是那个狠心抛弃你的人。她曾和我在一起过，这点我已经不能宽恕了，她还胆敢离家出走，那么她就更别指望能得到我的原谅了。她瞧不起一切我为她所做的事情,还糟蹋我给她提供的种种机会——名分、房子、家庭、孩子。我究竟是为了什么才忍受了她那么长时间?

我想,如果不是人情债,那一定是母性本能会促使她回来。就算不是为了我,为了你她也应该回来才对,她早该意识到,你当时还那么小,也应该需要她的照顾。你就像人质一样,我期盼着,一天后,一个月后,一年后她就会长教训,就会回家。后来,我已不期望她会不再计划下一次出走了,我仅仅希望她能回来一会儿就好。她还是没回来。因此我猜她至少出于思念,会想从远处偷偷看着你。我把你带出去散步,频繁地往四周张望,想看看她有没有在远处偷偷看你玩耍,但一无所获。或许她藏在了附近的某个地方?我把握好力度,捏了一下你的小手,企图利用你哭泣的声音,把她引出来。听说母亲在听到孩子哭泣时,总会忍不住。这也不起作用。一个人如果拥有的是正常的母性本能,试问能忍受得住孩子的哭声吗?

很久以来,她都杳无音讯。后来我收到小道消息,有人看见她和一个铁路工人在乡下同居,但具体地址我不清楚。我不相信。我情愿相信,她回到了以前住的那片郊区,那片原野,继续过着放荡不羁的生活。我比任何人,甚至比她自己,都了解她。

我只要坚信,她总是屈服于天性,绝不会为了得到别人的认可而做事情,我就会感到宽慰了。这就意味着,就算是她,也必须屈服于命运,而不能按照自己的意愿行事。我一直与命运做斗争,命运却总是比我强大。但这并没有像希腊悲剧里的一样,使我尊严尽失。另外,一想到她目前正处于悲惨的境况中,我就高兴起来,毕竟她也是罪有应得啊。我常常说:"她活该。"我鄙视她,然后为自己感到惭愧,这更简单些。有一次,我在外地开完会,坐火车回来,火车驶过单调乏味的平原,之后穿过一条公路时,铁路岔口挡杆在窗外一闪而过,挡杆旁的脸颊和身影我好像在哪见过。我在下一站下了车,试图往回走,找到那个地方。我坐着雇来的马车,直到半夜才到达路口守卫的小屋子里,这正是白天见到的那个路口。我敲了敲窗户。过了许久,有个喝得醉醺醺的铁路工人出来应门。经我判断,他应该是一个人住在那里。究竟为何我会把他这张胡子拉碴的脸与一张在我脑海里挥之不去的女人的脸弄混了呢?我解释不了。我将此归结于画面闪现太快,或者是特快火车速度太快。由于快,车窗外看到的脸,对我来说,就像是一处一眨眼就褪去的污渍或者斑痕,甚至完全没有轮廓。

星期天黄昏

最后,我们应当开始讨论一下计划的细节了。你们在学校绝对有自由的时间、独处的时间和消遣的时间。你可以找一个没人监管你的时间,挑选一个合适的地方,自己去完成这件事。即使在最严苛的监狱里,囚犯也时不时有独处的时间。实现的方式、手段,由你来决定。可以选择的方式还是不少的,从很多方面来说,人体都很容易被攻陷……而且每个人都有一些自己的喜好、倾向、厌恶……有人莫名其妙地讨厌水,有人不能看红色的东西,有人讨厌吞咽,但极少会有人厌恶所有的东西。所以,总是有某样东西比另一样东西更简单直接。我的儿子啊,要慎重,要慎重①啊。我不想强求你什么。超越了某个度之后,每个人最后的那点意志都需要得到尊重,这无可厚非。

而我呢——我会等待。既等待来自你的消息,或是说关于你的消息,也等着一切都有所好转,啊,只愿我的健康不要恶化。此外还等什么?没了。我孤零零一个人,我的日常生活没太多新鲜事儿。女乞丐小娜(化

---

① 原文为法语。

名）还活着的时候，她还会照顾下我，我付几块钱给她，她就帮我打扫房子，给我送食物。现在我什么都得靠自己了，因为即使工资可观，也没人愿意顶替她的工作。在娜王后（化名）去世了之后，就再也没有人陪我聊天了。她虽然不聪明，我却喜欢和她共度餐后时光。她总是戴着黑色的面纱，和我面对面分别坐在餐桌两端，谈天论地，把她知道的都分享给我听，虽然不多。

她去世了。其他的低等生物都死了，或者在新时代里各奔东西了。她们的生活之火慢慢在收容所、疗养院里熄灭（如果承担得起费用的话），或者在自己家里死去。我年纪大了，又体弱多病，也没能力再去建立人际关系。我的精力，只足够分配给我的一些老朋友了，但他们都不在人世了。况且，从更为现实的观点来看，我也没有这种需求了。我已经获得我想要的东西了。

因此，我会等待。我这就点灯，即使最后灯也熄灭了，我还会在黑暗中等待。这还更舒适呢，因为看不见我的双手，镜子中的脸也看不见，这面镜子就立在房间另一角，我敢肯定，我白天还见过它。

莫妮萨·克拉维尔

——爱情故事

一

　　这件事发生在威尼斯,在丽都,在海边。我行走在还算宽阔的小路上,双脚被路上的碎石子覆盖着。在我的左手边有一条沥青马路,马路后面是棕榈树林,再远处是一些花园,花园里立着些带绿色小窗户的房子。

　　天非常热。我头上戴着顶围着红色小丝带的草帽。

　　我没碰见任何一个行人。车子也非常少。在这样的环境中徒步行走,我感到不安。会有人知道吗?或许不应该在这里步行。

　　但如果我现在坐下来,即使有地方可坐,或许还会更糟。我走着的时候,在给人制造一种感觉,仿佛我是在处理什么事情,为了某件事我路过这些房子。的确,选择这个时候行走有些不合时宜,除了我没人在走。不过没关系,这样正好。我想象着有人透过小窗户上的缝隙正看着我,他心里想着:这个年轻人是有多么重要和特别的事情要做呀,竟然一个人在这么热的天里走着?这太不寻常了。

所以他非但不会笑话我,甚至还会对我肃然起敬,并感到好奇。

我手里提着纸板做的硬壳箱,不过是新的,完好无损的,以至于远远看去所有人都会觉得这是真皮做的箱子。箱子里装着我的私人物品,还有一袋我出远门时总会带在身边的干粮。

我走得很快,因为通常赶路的人是不会慢慢走的。我也希望能走快些,好快点到达某个地方。

空气停滞着,没有一丝风。"怎么,"我自言自语道,"或许我不能像他们那样,在绿色的小窗户后面优哉地躺着,不过行走我还是能做到的。"于是我走得更起劲儿了。

可在这些碎石上走特别费劲、难受。我不禁对它们生出一股怨气。这里的人栽种了棕榈树,却不会给行人铺一条正常的人行道。我们那儿不同。我们那儿没有棕榈树,可人行道有着它们应有的样子。

有时我想拐到马路上去,或许在那上面走会舒服点儿。但那样做不合适。人们会想,这个人不知道人行道是用来做什么的吗？或者可能不知道不准在马路上步行呢？毕竟每个国家的规则都不一样。

太阳高挂，天空蔚蓝，我径直前行。

我身后响起了碎石飞扬、马蹄哒哒的声音。我该回头，还是不回头？如果回头，人们或许会说，这个人原本应该陷入沉思，旁若无人，一门心思只想着自己的事情，可竟然被一阵哒哒声惊扰了。但哒哒声越来越近。我忍不住，还是回头了。

我身后正有两位先生和一位女士骑着马向我靠近。马儿们浑身油光发亮，鬃毛被修剪过，佩戴着上了釉的马具。而这位女士——好一位美人儿！头发金黄，匀称标致。她手执马鞭驾着马。他们已经越来越近了。

我退到路的一边，站在一棵仿佛裹了一件皮草似的毛茸茸的树下。这时他们骑着马过来，这位女士的马原本一直平静地小跑着，当快到我跟前时却猛地停住了。看到这，两位先生也勒住马辔，三个人都在离我一米远的地方停了下来。

女士笑了，轻轻拍了拍那匹上等好马的脖颈，并用英语对它说了些什么。马在原地挪了挪腿，头朝两侧甩了甩，就停住不动了。看到这一幕后，其中一位长相英俊，留着灰白头发和一撮漂亮胡子，并有着古铜色皮肤的先生看向我，也用英语说了些什么。我很有礼貌地站在路边，表情严肃，甚至没有放下手中的行李箱。直到我注意到：另一位年轻、肤黑，同样非常英俊，且肩膀宽阔的先生下马向我走来。我听到他对我说了什么，并等着我回答他。

我脑子里一片混乱，因为我不会说英语。但我怎能在此时此地表现出来我不会呢？

于是我决心使出浑身解数。

二

这已经不是我人生中第一次下决心使出浑身解数了，以前发生过这样一件事，我曾住在一个不太大但也不是特别小的城市里，那时我常在一家精英俱乐部里吃饭。去那儿的都是些常客，他们都是精英。他们站在吧台前，点着菜，最常点的是饺子。

白天阴暗又潮湿，在这座城市里，一年中阴湿的日子多得出奇，一切简直都像是在秋天时那样暗淡，夏天的来临看起来只是个错误，这让人感到真正的生活永远在别处。除了天气外，这里的主要问题是贫穷。然而此处贫穷的问题并不在于能否解决温饱，而在于缺乏更高级的消费品。因为贫穷，偶尔会有人离开这里，一走了之。那个将要远走高飞的人临行前还在街上走着，还跟我们说着话，但已经像个外人一般。然后我们把他送到车站，我们看着车厢。在我们看来它们还是老样子，是普普通通的车厢，但对于他已经不是了。我们暗暗想，在他眼中这些车厢意味着什么——那会是与我们不一样的看法。雾蒙蒙，灯早早被点亮。我们相互告别。然后火车开走了。

我们从车站返回。广场上，街道上，雾越来越浓。我们彼此问道：这怎么可能呢，似乎发生了什么，然而实际上什么也没有发生？

之后，当我又站在俱乐部的吧台旁时，我又看见了自己周围的那群人，永远都是那群人。这样的一成不变在我看来难以置信，然而事实的确如此。既然这就是现实，为何令我难以置信呢？我不知道怎么回答这个问题，它让我心烦意乱。

一次，我突然开窍，意识到总有办法改变这一成不变的现状。于是，我决心使出浑身解数，竭尽全力。结果是，我唱起了歌。与人们平时自己小声哼唱不同，我唱得十分优美，声音出乎意料的深沉、悦耳，有起有伏。我头向后仰，一条腿搭在另一条腿上，用手肘靠着吧台的门。歌是意大利的：《我的太阳》①。所有人都

---

① 原文为意大利语。

用他们最讶异的眼神看着我。没有人知道,我会这样唱歌,连我自己也不知道。我超越了自我,被巨大的幸福感所笼罩,因此唱得轻快自如。然而表面上我必须装出满不在乎的样子,让人感觉我只是心血来潮,随便唱唱而已。因为完全沉浸在了自己美妙的歌声中,我露出了迷人的微笑。我醉心于歌唱,像是到了另一个世界,恰似艺术家沉醉于自己的艺术品之中,然而我依然会亲切待人、慷慨大方、保持善良的心地,完全不会把普通人排斥在由我创造、由我主宰的美之外。

正端着肉饼的厨娘站住了,她被深深吸引,叫道:"哦,天哪!"她还鼓起了掌,让手里盛着肉饼的餐盘掉到了地上。所有人都像她那样定住了,他们手中叉着菜的叉子停在了半空中。大家都被深深吸引,成了一群不由自主、满心迷恋的羊群,而我成了牧羊人,他们跟在我后面,被我带入了另一个国度。

挪动椅子的噪声已经从餐厅里传来,一些人挤在门边,而其他人让他们安静:"嘘,嘘,你们没听见他在唱歌吗?"某个老妇人用纸巾擦了擦双眼,大概是我的歌声让她想起了她的韶光,想起了与新婚丈夫一起去索伦托①的日子,那时的他还是个男爵,今天已在九泉之

---

① 意大利的一个市镇。

下。我就这样在他们当中站着，掌声让我多少有些不好意思，毕竟我只是为了解决自己的问题开始唱歌的。我唱歌，因为我必须唱，因为我的灵魂渴望唱歌。

然而我发现，从某一刻起我已经唱得不是那么好了。仿佛我的手掌在平滑的桌面上擦过，突然碰到了一个凸起，一块疙瘩，一处不平整的地方。一股抗拒我的力量从吧台门和墙壁之间黑暗的角落里袭来。这股抗拒的力量很轻薄，却不可动摇。在这个角落里站着个穿着简单的不起眼的人。我已经见过他上千次，同样的地点，同样的时间。现在他一如既往地吃着饺子，侧对着我。他只关心饺子，并不理会我。唉，要是他能让我感觉到他是不想理我，是反对我，是对我不满就好了……但是他对我连这些态度也没有，他根本没有把注意力放在我身上，只是吃着自己的饺子。

为了不再感觉被完全排斥，我必须让自己相信，他是聋的。于是我决定靠近他，像大自然的爱好者们没有在灌木丛中注意到的一朵花，出于好心，自己跑到小径上去靠近他们，让他们闻到它的芳香。

我朝他那边走过去，模仿着音乐电影里歌唱家们的样子——当他们尽情歌唱着走过，让我们假设是走过小城市时，他们摸摸孩子们的头，弄乱了他们的头发，拍拍驴儿的脖颈，再接着走，抬起正在晾晒内衣的女洗衣工的下巴,再往下走,然后一跳,便优雅地坐在了栅栏上,而这一切发生时,他们一直在不停地歌唱——当我弓着身子向那个角落靠近时,角落里那个人仍在吃着饺子,直至看到这一幕,我才吞掉收尾的歌词,歌声戛然而止。这时突然静得连一根针掉下的声音都能听见。我集中注意力,开始大声唱起了富于变化的、感伤的《印度爱情歌谣》。

我直接冲着他的下巴和盘子之间唱。他用叉子把饺子叉起,我则铆劲把声音提高,但被叉起的饺子沿着我涓流般的曲调被顺利地吞下。我想把声音砸入他的耳朵。忽略表面上那些个别微小的特点,这只耳朵跟其他耳朵完全没有什么不同,但它像个漏斗一样,通向一个秘密的深渊,让我的歌声坠入其中。我所有的力量都败在这耳垂之下——一切都是徒劳,我怎么唱,他就怎么吃自己的饺子。他没有理会我。

情况变得难以忍受。我感觉到累了,但不能停。因为如果现在我转身离开,就这样留下他在那里吃着……这在当时根本不能想象。于是我孤注一掷。我不再唱《印度爱情歌谣》,而是把双手放在胸前,蹲下,踢出一条腿,第二条腿,跳起了科萨克、霍帕克①、蹲步

---

① 科萨克和霍帕克均为乌克兰民族舞蹈的名称。

舞,"呼——哈,呼——哈"地怪叫着,还疯狂地给自己哼着节拍,一发不可收拾。我厚着脸皮直接冲他一步步跳。就算他是聋的,那他一定不是瞎的。地板上尘土飞扬。我朝他跳着舞,就像一个婚礼上的年轻雇工朝心仪的女孩儿跳舞时,为了邀请女孩儿一起跳舞和自己谈情说爱,情不自禁地用帽子狠命拍打着鞋跟,跟着音乐节奏胡乱地又跳又蹲,在女孩儿面前展现各种绝技。

我白白发着疯。他像一颗不会脱轨的行星,镇定地吃着饺子。他的头没有转向我。他穿着厚大衣的身子没有挺起来,而是倾向盘子。很快,我的双腿发痛,身上冒出了汗,我就要喘不过气来了。他呢,当用嘴把最后一个饺子从饺子的形态变为其他形态以后,不过是接着用面包皮从盘子里擦擦化开了的黄油,再慢慢把面包皮一块块吃掉。这可怕的舞蹈还让我看起来像个满脸欢欣的勇士。我的头发全都散乱开来,好像是因为我感到欣喜若狂才变成这样似的。我就这样在一堵墙面前使劲摇摆着,嘴里依然叫着男子气十足的"呼——哈,呼——哈",可这时我心里只有绝望,因为我明白了,朝他跳舞是白费力气。

其余那些人我也记住了。他们跟着我呼哈呼哈的声音和蹲步的节奏拍着手,而有些人自己也开始羞涩地摇摆起来,有些却越来越大胆地敲打起刀子来。有个教授因为情绪激昂，甚至把整双皮鞋完全踏破了。

可那些人对我而言算什么，他们早就已经是我的了。这一个人才是我需要的，我需要他就如需要自己的生命一般，但是他没有反应，没有。

终于——哦，他有新的举动了，那举动很简单，却令人震惊，它是如此平常，却十分可怕，叫人难以置信，他就那么平平常常地完成了这个举动，面对这样的举动我只能无力地喊"不，不"，尽管这举动是如此正常，无可指摘——他站起来，离开了。

接下来我还动了几次腿，但越来越无力，像只脊柱蜷缩的将死的蟑螂。我还踢踏了一两次，尽管"呼——哈"声已变得有些弱小，我又重复了遍"呼——哈"，再"呼——哈"了一次，接着声音越来越小，停顿时间越来越长，最后我只是呢喃了。我挺直身子，双腿摇晃，我不知道膝盖还是不是自己的。我费劲儿地走到吧台门边。尘土开始落下。周围人的脸我一眼也没看。"多少钱？"我问。收银员告诉我多少钱。我付了钱，离开了。

三

使出浑身解数后，我明白了这位年轻人在对我说什么:"我们诚恳地请求您摘下帽子。克拉维尔小姐①的马受到了惊吓,若您不摘下帽子,它是不会向前走的。"

通常在这种情况下我会不知所措,但现在我迅速找到了应对方法。我把行李箱放在砾石上,走到女骑士跟前。马定住了双耳,跪坐在臀上并睁大了双眼。

"女士,"我用流畅的英语说道,"我为我的帽子导致这场滞留感到无比抱歉。恳请恕罪。然而我摘下帽子不是为了马,而是为了女士,为了向她的美貌致敬。"

说着,我低下头,鞠了一躬。

女士笑了起来,脸微微发红。

"又来了!"她叫道,"您是在把我的艾丽萨同我作比较吗?请看看,她是多么不一般,这脖子的弧线,这步伐。"她又轻轻拍了拍马的脖颈。

"莫妮萨,"年纪大一点儿的绅士说话了,"看来你忘了,大家正在怡东酒店里等着我们。走吧。谢谢您先生。"他冷冷地对我说了一句。

"先生,要是我猜得不错,您也是去怡东那个方向?"她问我,没有回应那个年纪大的人。

"正是,差不多。"我回答。

"好极了,那我们可以一起走!"

---

① 原文为英语。

"可是啊,莫妮萨,先生是步行!"那位绅士提高嗓门提醒道。

"这样的话,就让迈克在这坐着,把马让给他。迈克在这等,我们让弗拉迪斯拉夫来接他。"

莫妮萨·克拉维尔,世界闻名的电影演员,她对我巨大的爱恋就这样开始了。

四

尽管莫妮萨恳求我搬到怡东酒店去住,我还是拒绝了。那时,在第一次见面后,我们在酒店门前分手了。一开始,莫妮萨提议我们去大堂里等司机弗拉迪斯拉夫带着我的行李箱和迈克一起回来。然而我礼貌地否定了这个提议,因为我记着一个原则,那就是不应该与刚刚认识的人一起待太久,况且,在女人面前表现得越冷淡,越能吸引她们到自己身边来。所以我告诉他们,我会自己在酒店门前等。于是莫妮萨命令搬三把椅子出来,我却有尊严地声明,我会站着。年长的绅士一刻也不离开我们,直到莫妮萨派他去套房里拿两瓶科隆香水,他才很不情愿地走开,留下了我们两个人。那时莫妮萨赶忙问我计划在威尼斯待多久。我回答说,我还不确定,因为这要看我的事情进展如何。我没有进一步解释是什么事情，只是表达出一个意思，让她明白这是些重要且复杂的事情。事实上在威尼斯我没有任何事要解决，不管是在威尼斯，还是在别的地方，都没有，但我觉得不应该承认这一点。我们就这样站在怡东酒店前面，我注意到，所有人都把好奇和爱慕的眼光投射到莫妮萨身上；他们也借机打量我，必定寻思着，我是谁，怎么能和在各大洲都备受喜爱的明星如此亲密地闲聊？莫妮萨知道我来自东方后变得兴趣盎然，不过我并没有说出我的祖国的名字。她要我给她仔细描述一下她常常听说的草原风光。我用手比画了一个大圈，说道："啊，很远，很远……"听了我的话后，她变得很激动，并表示道，文明世界狭窄的条条框框令她窒息。这时她那位伙伴拿着香水瓶出现在了酒店门口。她很迅速地问我是否满意我下榻的酒店，还说，作为上流社会的摩登酒店，怡东酒店其实很无趣，但它保证能提供各种舒适的服务。对此我回答说，我们，来自东方国家的人，我们习惯原始朴素的生活，不讲究舒适与否，而我要解决的事情在某种程度上跟我挑选的住处有关系。为了证实我说的话，我提起了一种古老的习俗，就是把肉放在马鞍下面，然后骑着马疾速飞奔一整天，直至肉被碾碎并可以食用。那位灰白头发的绅士走了过来，把香水瓶递给她，她则爱理不理地接过来，甚至没对他道声谢。与此同时,在拐角处出现了一辆克莱斯勒,车上载着我的行李箱和迈克。弗拉迪斯拉夫从车上跳下来,摘下帽子,把它拿在胸前,给迈克打开门,接着从后备厢里拿出了我的行李箱。我真怕箱子会自己打开,这样所有的东西都会从里面掉出来,因为有一个拉链是坏的,只有我知道怎么拉上它。幸好这样的事并没有发生。我提起箱子并对这一切表示感谢。接着出现了麻烦的一刻。

"等一下,杰瑞,"莫妮萨对年长的绅士说道,她刻意装得很自然,却还是难掩紧张激动的心情。"为何不邀请先生参加今天的晚宴呢?为了庆祝活动,今天我们举办了宴会。"她解释道。"极其无聊,但就允许我用这乏味之事为难您,就算为了我这么做吧。您今晚有空吗?晚些时候我们可以在自己的圈子里玩儿。"

我对邀请表示感谢,并说道,要是我不会碰到什么意料之外的事——我是在暗示我在威尼斯有秘密而复杂的事情要处理——我会很乐意赴宴。说完后,我鞠了个躬,并回绝了让弗拉迪斯拉夫开车送我离开的提议,因为我只在特殊情况下用车。我越走越远,尽量像个运动员一般矫捷地穿过花坛周围的地方。直到已经走到大道上时,我才向身后稍稍瞥了一眼;莫妮萨还站在怡东酒店前,在我身后张望着。

这一天接下来的时间我都是在惶恐不安与反复无常

的心情中度过的。我想拒绝邀请,并就这样从莫妮萨的生活里永远消失,就这样给自己留下遗憾与未尽的梦——我这样做也是因为害怕,怕自己无法达到如此高规格的世界级宴会对客人的要求,怕会毁灭掉自己打动莫妮萨的无敌魅力——可同时我也在考虑着去参加晚宴,从而继续这段奇缘。我已经说过,在威尼斯我没有任何私事或公务要做。正是在这一天,我带着极少的盘缠,作为一个出身卑微的游客来到这里。尽管我只是漫无目的地在这里闲逛,并被这里的一切震撼着,但其实我一直有一个希望,一个有时候难以坚持下去的希望——哪怕我贫穷又平凡、不善交际、年轻、来自一个遥远且不知名的国家,但我内心还是期待着某个可以让我出人头地、匹敌伟大世界的机会。不仅要匹敌,还要超越这世界。对于每一个像我这样并处在相似境遇中的人,为自己的尊严而战是最困难的一件事。战斗的方式有很多种,而如果无法战斗,就有必要藐视。从一大早我就在战斗,并在卡巴诺斯的帮助下藐视威尼斯。

卡巴诺斯[①]是一种干熏肉,在我的国家很常见,在其他地方基本上鲜为人知。我那些出国去的同胞们都非

---

① 卡巴诺斯是波兰特有的一种又长又细的干猪肉肠,外表近似中国的腊肠。

常喜欢它。论体积，它占不了太多地方，所以可以带上很多，也不会很快腐坏，所以能靠它过活很久。卡巴诺斯在我的硬壳箱里占了很大一部分。

卡巴诺斯是我国的特产，所以我在这里的商店橱窗和小卖部里都没看见它。虽然我看见了成堆不同品种的鱼、不同品种的螃蟹和我不认识的各种海鲜，却没在它们当中发现卡巴诺斯。我看到了萨拉米香肠和熏猪肉，各种火腿，但它们当中没有卡巴诺斯。只有我拥有卡巴诺斯，只有我在行李箱里装着本地人没有的特产。他们甚至没法知道，自己是否喜欢卡巴诺斯，因为他们不认识它。于是，卡巴诺斯成为了我的盾和矛。那些充斥着雪白的桌布、花束、一篮篮水果和一阵阵香气的餐桌直摆到街上，但在盾的帮助下我可以抵御那些丰盛的餐桌给我造成的打击。我也会用矛进攻。我会在心里既狡猾又自豪地讥笑道："这算什么？他们没有卡巴诺斯。"

可惜，从三天前起我就在吃卡巴诺斯了，早上吃，中午吃，晚上也吃。当我坐在某把公园椅上或某个石墩上吃着从纸袋里拿出来的卡巴诺斯时，我越来越难说服自己，这是美食而且我愿意一直吃到生命尽头。若要卡巴诺斯发挥其功效，就不能吃得太多。

当我来到潟湖边上，面朝随波逐流的红色小艇，背对总督宫时，吃着我这可憎的情人卡巴诺斯——我想起了那些小饺子，我曾在它们的伴唱下唱过歌。那时我想着过去的饺子，又看着眼前的莴苣①，两者都不属于我，我怀念前者，渴望后者。

这晚，我赴宴去找了莫妮萨·克拉维尔，这是由卡巴诺斯决定的。

我重复一遍，出于畏惧，我犹豫过是否接受她的邀请，因为害怕会在宴会上自取其辱，失去原本眷顾过我的进入上流社会的机会。为了保住这机会，我宁愿放弃本会得到的东西。就像赌博一样，开始时挺走运，但赌注翻倍后，谁也不能保证是否还会成功。我一直是个穷困潦倒的玩家，所以总是小心翼翼。然而，我意外地失去了卡巴诺斯，这赶跑了我的困惫，驱散了我由于害怕而懒于行动的阴云，并把我推到了绝境。

不，我的卡巴诺斯既没有掉进水里，也没有被偷走。下午近黄昏之时，我感觉很累——尽管我正处在叛逆的青春期——我拖着步子，也不再费力去维护形象，这时我看见了肉铺前面挂在钩子上的一大块熏猪肉。它是如此巨大，或许不仅是为了达到招徕顾客的目的，也是为了实现形而上学的目的。这是疯狂的、超越了自己

---

① 莴苣原产地中海沿岸，对于来自波兰的主人公而言是一种十分罕见且昂贵的蔬菜。在波兰语中，莴苣象征着财富。

本身意义的熏肉取得的胜利。这看似简单的熏猪肉有半米长，宽则有橡树那么宽。这如灰褐色的古橡树般粗壮的熏猪肉被包在羊皮纸里，被沾满油渍的绳子紧紧捆绑着。

卡巴诺斯虽然与众不同，但完全不能与这块熏猪肉匹敌——卡巴诺斯只是普普通通的熏肉，再没有别的。我的武器就这样被从手里打掉了。再没有其他好办法，只能闭上双眼奔向这个世界，直接加入其中，战胜它，抑或消失。而这个世界正向我张开自己宽大的怀抱，就在今天晚上，几个小时之后。那就是莫妮萨·克拉维尔的宴会。

五

开始时出现了两个难题：我没有合适的衣服，而且不知道如何走出围在怡东酒店四周的人群，再走过穿着军礼服、戴着白手套和涂漆条纹皮带并配有大刀的警察护卫队，然后如何跟服务人员解释，我属于被邀请的客人。我没得到书面邀请函，很明显，莫妮萨把我出席宴会视为理所应当的事，不需要走这种正式的程序。然而第一个难题，也就是没有合适的衣服的难题，即刻被我转变为自己的优势。我不属于他们，我是一个外来人，我是草原的儿子，所以，我应该穿着在三天的旅途中变得皱巴巴的旧衣衫出现在宴会上，并摆出一副高冷的姿态，这样做只会突出我的美，体现出在世界的框架面前，我是独立的，在束缚着他们的各种礼节面前，我是自由的。

莫妮萨其实一直在想着我，多亏了这，下一个难题也发生了转变。我紧紧抓着行李箱站在人群中，注视着酒店正面灯火通明的行车道那片区域，在那里，从一辆辆漆黑的汽车里时不时走出漂亮的女士们和穿着白领子衬衫的先生们，这时，我在一个穿蓝色制服的警察的肩膀下方注意到——迈克面露忧郁，在这灯火通明的区域内踱着步，在人群中寻找着什么人。这个人无疑是我。莫妮萨派他来接我。我把手举起来挥了挥，但他没看见，于是我把箱子更用力地握在手里，然后向前行进。就在某个穿军礼服的警察把我当成陌生人要赶我回去时，迈克留意到了这场小争执，朝我们走过来并把我带到了光圈之下、名流之间。当我们就这样往酒店那边走过去时，我感觉到了人群向我投射的目光。那酒店恍若一个玻璃球，中间有一座关闭着的水晶洞。在大堂里，迈克拿过我的行李箱，把它交给了侍者，然后我们往下走，来到了酒店后面举行宴会的花园。尽管我已经使出了浑身解数，面对前方的挑战我还是感到害怕，然而，失去行李箱的不安令我忘记了恐惧。我偷偷回过头，试着看看行李箱怎么样了，然而侍者消失在了酒店的人群之中，我别无选择，只好跟上迈克，把箱子的命运交给老天爷。

我们走进了一片有数不清的灯泡、灯笼和聚光灯的地方，它们巧妙地隐藏在灌木丛中，它们的光在那些手执高脚杯面对面站着的女士先生之间穿梭。这里充满笑声、喧闹和激情。

迈克说，莫妮萨马上就来，让我不要拘束，就像在自己家里一样。我点点头，以表明我自然不会拘束，不需要任何提醒。然后他走开了，留下我自己一个人。我马上在棕榈树后面给自己找了个小角落，这地方有个好处，就是能让我待在离人群比较远的位置，而与此同时，旁边是一张摆满了饮品的桌子。我决定马上给自己鼓劲儿，尽管在这种情况下这样做是无可厚非的，但我依然不确定，这样做是否能保证让我感到轻松，并且自如地行动和交流。我舒舒服服地在花园椅上坐了下来，侍者迅速向我走来，以避免因为不清楚我的需求而带来的麻烦。

我怕自己将不能很快进入合适的状态，怕自己将不能在出现在公众场合之前做好相应的准备，大概是因为被这些恐惧所支配，第一杯酒我喝得特别快，然而，过了一会儿我放松了下来，最为重要的是，我不再担心自己是否给侍者留下了好的印象，既然如此，快速地喝一杯酒或许也是有意义的吧。宴会上所有人都乐于认识彼此，交谈着，相互问候着，一句话，他们表现得正如迈克对我说的那样：就像在自己家里一样。我则一个人远远地坐着。然而我即刻意识到，既然我被邀请至如此奢华的宴会上来，那么毫无疑问，在侍者眼中，我同那些人一样重要，还有——如果我就这么独自坐着，那么显然我要思索一些那些人不需要思索的事情，比如某个新的电影角色，或者甚至是如何执导某部电影。于是我试着更严肃地坐着，远离肤浅的欢愉，陷入无尽的沉思。

然而不久后我注意到，整个宴会上所有的来宾都渐渐聚集在棕榈树的另一边。我不无惊讶地认出了一张张我在电影杂志和画刊封面上见过的面庞。他们人越来越多，那里的女人一个比一个漂亮，他们交谈得越发热闹、欢快，他们放声大笑，嬉闹玩乐。他们给人一种彼此是老相识的印象，显得十分自信。他们除了自己之外什么也不关心，这令我痛苦地领悟到，尽管我使出了浑身解数，然而当他们处于世界中心时，我依旧置身其外。

他们的自信，他们的独特，都开始激起我的怒火。我坐在这里沉思，如此深沉，谁又知道我有什么难题，我为何频频伸手去拿饮料？而他们只在那儿笑，浅薄肤泛。怎么？他们就该比我重要？所有应邀赴宴的人都把注意力放到他们身上，闪光灯时不时打在他们身上，好似星驰电掣，非但不会带来伤害，随之而来的反是钱多如雨、名噪如雷，这时的我则正襟危坐，充满了不屑，不理会人们如何关注我，而实际上也没有人在关注我。虽然这本该合情合理，但在我看来根本不公平。苦涩与挫败感在我心中蔓延开来。所以内涵，思想，本真，这一切在这个腐败、虚荣的世界里都不重要了？"浮华，浮华，"我轻蔑地重复着，"都是浮华和点缀。"

这时我开始从社会的角度考虑，通常情况下，当个体本身无法为自己获得满足感时是什么样的。我没有把自己视为独立的个体，而是把自己视为被侮辱的群体的代表。我把自己视为经受过历史考验的艰苦的北方国度的儿子，有着自己的与众不同之处，有着独特的、用巨大代价换取的、他人无法拥有的智慧——就像卡巴诺斯。"哈，"我想，"你们笑吧，笑吧，我是一尊雕像，孩子们在我的脚下嬉戏。"接着我又砸碎了一个小杯子，反正账算在他们头上。

似乎他们听见了我的命令，因为他们的确笑得越来越大声了。尽管是我自己这样命令他们的，所以我本不该因此而更加愤怒——然而我就是更愤怒了。因为这是一个带有讽刺色彩的命令，也就是说，被命令者不能按照命令行事，而应反其道而行，假若被命令者按字面意思听从了命令，只会让命令者的怒火越发旺盛。要是我的父亲看着我可怜的成绩单对我叫道："就这样吧，就这样吧！"如果之后他发现，我的下一份成绩单同样可怜，他绝对气愤无比。

糟糕的是，莫妮萨一直没来。下午，当我还漫步在威尼斯时，我禁不住感到惊诧，为何我与她在大道上的邂逅竟给我带来了如此积极的转变，但也正因此，这样的转变才显得如此意外。这会不会是什么陷阱？她在我们交谈时和短暂的告别时的表现已经隐约证明了她对我的感觉，这已不必多说了，可我就是不能理解，她究竟为何把注意力放在了我身上。尽管这是我的骄傲，但我至今不知道我的骄傲从何而来，这份骄傲让我觉得，世上所有美好的事物都属于我，在头顶上引诱我的撒旦不会给我造成任何麻烦——然而这升至我灵魂之上的骄傲仅仅是一道渺茫而凄清的光束，它既无身躯，又无双腿，当我内心看待事物的角度发生变化，而这道罪恶的微光也消失无踪时，我便陷入了最幽暗的绝望之中，并且深信，自己是这片大地上最卑微的生物。而眼下单是她突然迟迟不来这事已被我视为无礼之举，甚至——近乎是背叛，似乎我们很久之前就已缔结了婚约。而这全都是因为，我需要她，在她的帮助下，我能显得比那群人更高一等，甚至令他们钦羡，因为，和她一同出现，以及她对我流露的感情，都一定会是一张独特的王牌，一张少数人拥有的王牌。

然而她没有出现。为了让自己感觉好一些，我徒劳地回忆着她的笑容和她看我时的眼神，我甚至从这一切当中找出了更加清晰的意义和承诺，而我其实并没有权利拥有这些。她依旧不来，我对她的埋怨更大了。最后我转入了对她的厌恶，一心寻思着，等她终于到来时，该如何惩罚她的缺席，她的背叛。但她还是没来。我已经看见，自己是如何冷漠无情地拒绝她求和的。但其实我已经让自己陷入了绝望之中，因为我正在失去她，也就是这样——由于灌下的大量的酒令我亢奋——我处在一种有能力不顾一切背水一战的状态。我甚至渴望这么做。突然有个人讲了一则轶事。我不认识这则轶事里提到的任何人，也不知道它的背景，但这恰恰完全激怒了我。这时所有人都在狂笑。我奇怪地发现，自己站着，椅子在我的身后。我想念它，就像在风暴中穿行的流浪汉想念那温馨的茅草屋，但眼下对我而言最重要的问题是控制好步伐。我意识到身后能够让自己后退的一座座桥梁都已被烧毁，我感到无路可退，这反而给了我从未有过的力量和采取行动的信心。我迈进了嬉笑的人群当中。

"哦,这里!"我一边叫喊,一边大张着嘴,用手指指着我的臼齿,"哦,这里,被打掉了,先生,为了自由被打掉了!"

出现了变化。人们渐渐静下来,看着我,无法理解我是什么意思。可我不过是想通过一种清晰又简明,几乎是一目了然的方式,让他们了解我的民族的苦难。非常明显,他们不在乎民族苦难,这令我怒火中烧。

"看哪先生,"我走到一位更胖些的男人跟前说道,并把嘴张得更大了,"这里,啊……"

胖子咕哝了一声,避开我的眼神。"抱歉。"他说完走开了。

于是我接着走向下一个人,用同样的方式抗争着。

"这里。哦!没有了。被打掉了,先生,为了自由!哦!"

可这人也从我身边走开了。我看到人群散开了。我想,可能是灯光聚焦得不够好,人们看不清我给他们展示的东西。人们走得越来越快,于是我在后面紧追着他们。然而他们从我的眼前消失了,躲藏在迷宫般的小道之间,在片片地中海植物丛之后。我在灯束与绿树之中四处乱撞。在这天堂般的花园里响起了我的呼唤,像是控诉,也像是命令:

"被打掉了,先生,为了自由被打掉了……"

六

我醒来时,觉得头疼得要死,睁开眼发现自己躺在一个四周半明半暗、屋顶特别高的房间里。和煦的阳光透过帘子射进来。我身上穿着丝绸睡衣,胸部缝有彩色标志,带着些字母,这些字母拼起来有些困难,因为我得反过来看。我的脑海里隐约浮现出了字样:*耶鲁男孩*①。

我躺在又宽大又舒服的床上。房间里面有几个人。我开始为自己的行李箱感到不安。它在哪儿,它怎么样了?

"还在睡?"我听见。

"安静……"第二个人说,"还在睡,我们不要吵醒他。"

我闭上了眼睛。有人小心地走到床边,向我俯下身来。我闻到了香水的味道。有人为我稍微调整了下枕头。我微微睁开一只眼,看到自己头上两座挺拔的玉峰,那是穿着孔雀绿裙子的莫妮萨·克拉维尔。我迅速

---

① 原文为英文。

闭上了眼睛。

"好小伙子。"① 一个男人的声音用称赞运动员的语气说道。

现在我睁开了第二只眼,因为第一只已经被光刺痛了,虽然这光已经被帘子滤过,但它还是刺中了我的瞳孔。我认出了灰白头发,蓄着漂亮胡子的绅士,我感到奇怪。到现在他都没有友好地对待我。

他们出去后,我又等了一会儿,以保证他们真的让我一个人留下了。我小心翼翼地起身下床。总算能在这房间里走一走了,它无比宽敞,我眨着眼走到窗户旁,把头搁在墙壁与帘子之间。我的眼窝闪过第一道阵痛后,我认出了酒店前的草坪和小广场,昨晚我曾在那里站在围观的人群之中,手里紧紧抓着行李箱。

天空无比湛蓝。这一片景象让我心里有些不舒服,仿佛玻璃碎片在我身上划过。

现在酒店前面也站着一小群人,但这群人有些特别。他们差不多都是男的,每个人都带着照相机或摄像机,有些人甚至带了两个。他们看起来就像一支军队,只是没穿军服而已。我看到他们在抽烟,来回踱步,或是站在原地看着窗户。他们整理着身上的皮带,摆弄着

---

① 原文为英语。

车子、箱子和三脚架。

我穿好衣服,偷偷瞧一眼走廊。空的。只有某些地方亮着些神秘的小灯——那是给侍者的信号灯。我决定让昨晚被侍者取走的行李箱听天由命,过后再想办法解决这事,可能要用邮寄的办法,而现在我决定逃跑。

我走下楼梯,大堂的感应门在我面前自动敞开。前进!然而当我来到外面时,我必须停住并闭上双眼,因为一股热浪和一大片光迎面向我袭来。我听到快门键的咔咔声和摄像机移动时发出的虫鸣般的声音,恍若来到了一片满是蟋蟀的草地上。我睁开了眼,看见人们或蹲着,或站着,或聚精会神地拿着取景器。一只只没有睫毛的镜头眼睛瞄准了我。我转过身想往回走,但已经太迟了。我被众多摄影机射击着,几番被一批狙击手击中。一个人直接握住了我的手,他说自己是伟大的画家K. M. B. 的秘书。

他向我介绍自己的来意。他说,K. M. B. 向我致敬,并希望我能接受邀请,出席为我来到威尼斯而举行的宴会,这将使他感到荣幸与欣慰。

K. M. B. ——正是这一刻,我想要逃离。侮辱,机遇还是危险?我怀疑地看着年轻的秘书。我知道我不会拒绝的。拒绝邀请比接受邀请难得多,哪怕接受以后会后悔。K. M. B. 需要我,会不会是为了一场疯狂的取乐呢？或许他已经听说了我昨天自取其辱的事情。但现在我只想让所有人还我清静，我无力拒绝。于是我接受了。

在尝试逃跑失败后，我筋疲力尽地向楼上走去，想着回去后就躺在床上，别的什么也不干。我先探头瞧了一眼酒店前的小广场。摄影记者们仍在伺机而动。没人退去。

我发现房间已经被打扫过，桌子上有一沓新报纸。要不是报纸头版大尺寸的照片，我本不会注意这些报纸。我拿起一份报纸，但因为酒精发作，我眼花了好一阵，看不清楚。当终于看清时，我看到照片上有个人，一只手举着杯子，另一只手指着自己大张着的嘴巴。他一边靠着迈克的肩膀，另一边莫妮萨·克拉维尔扶着他。这个人是我。

我想不起这张照片是在哪一刻拍摄的。

照片上方有一排用来报道战争爆发用的大号字：莫妮萨·克拉维尔与俄罗斯年轻男子之恋情。

七

当然，我不是俄罗斯人。然而当我被赋予了这样的身份后，整个情况不但发生了变化，而且展开了新的发展趋势。首先，身为俄罗斯人，已经意味着身为一个有头脸的人物。至此我可以真正地把自己当作某个特别的人，或许甚至把自己当成远不仅是俄罗斯人那么简单的人，可如果我真把自己当成比俄罗斯人还不简单的人，我根本不可能说服别人相信这一点，连我自己也说服不了自己。如果把自己介绍为俄罗斯人，那我已经不必再说服任何人相信任何事，俄罗斯人就够了。当个俄罗斯青年男子——还更好。所有人都或多或少知道年纪大的俄罗斯人是什么样子，但年轻的谁也不了解，年轻的俄罗斯人大大增强了他这个身份的吸引力。世界的未来在不小的程度上属于这种人，年轻的人。关于他的传言耳熟能详，可谁也不知道他究竟是什么样。

其实我自己并没有冒充过俄罗斯人。嗯，或许有一点吧，我提过草原，努力在自己身边营造朦胧的东方情调。草原……对，对，这有点假。什么那里的草原！我想起了我那小小的祖国里令人忧伤的片片田地，它们周围长着柳树①和小松树，有些在平原上，有些在高地上，它们没有经过人类文明的驯化，但无论如何，是有民族文化特色的，尽管不完全是。然而它们哪里比得上

---

① 柳树在波兰文化中象征着波兰美景与波兰人浪漫的天性。在波兰首都华沙的肖邦公园里有一尊著名的肖邦塑像，塑像中的肖邦正是坐在一棵柳树下，因此，柳树也会让波兰人联想到肖邦。

草原！不过我从来没有直截了当地说过这样的话，就算把我逼到墙角无路可退，我也一定不会光明正大地造假。然而报纸必须提供能引起读者注意的消息。所以他们应该怎么写呢？或许这样："莫妮萨·克拉维尔与某东欧小国年轻男公民之恋情？"我来自东方，而若不是俄罗斯人，就不算是真的来自东方，所以需要对事情做些补充。是他们这样做的，而不是我，只要他们不更正这个错误，足矣。

成为俄罗斯人给了我一种如此少有的状态。不必再扯自己的事，不必再提自己的事，不必再说些令人似懂非懂的话。不用再做有双重意义的表情和其他怪相。欢迎你，俄罗斯人！

至此，那被认为是愚蠢可笑的行为，现在都变得与众不同。

曾经的歇斯底里仿佛被施了魔法，变成了一个真正的东方人源源不断的奇思妙想。我不再软弱，而是充满了力量；我的举止不再冒失，如宽大有力的手掌般大小的面颊上满是自豪。就像是笨拙的穷学生和家庭教师变成了狂野的战士，面对他，女王们黯然失色，国王们肃然起敬。

"我究竟有没有权利拥有这些呢？"我问自己，给自己找着脱罪的理由。难道我不能把俄罗斯人当作我的家人吗,比如说当作我的大舅子?这样的话,大舅子是人人都怕的,也就是人人都尊重,我不也应该享受一部分这样的尊重吗?毕竟这是大舅子,是一家人,所以,如果我们在家里共用一个厨房,那么在邻居们面前一切就更应该是一样的,不管是我还是他。

就这样我一边鼓励自己,一边站在镜子前面,不安地查看着,自己的眼睛是否哪怕有一点点斜。晚上,我用创可贴把眼睫毛斜着粘起来,可到了早上,眼睫毛又恢复了水平状态。

我依旧住在怡东酒店,第一夜,在宴会之后,人们奉莫妮萨之命把我带到这里,也是在这里,我睡在她的伴侣——灰白头发绅士的睡衣里。莫妮萨这几天非常忙,既有工作,又要同人会面,还有她那位无微不至、如影随形的灰白头发的伴侣杰瑞,住在和莫妮萨的套房相连的套房里——这些都阻碍了我们思想的交流和我们之间关系的发展。酒店前面一直有记者堵着,我估计酒店里面也有成群的记者。

第一天我就已经拒绝了好几个采访请求。在这种情况下坚守立场能让我一箭双雕:既增加我的神秘感,也确保我不会被揭露。被揭露?哦,不。我在主导一场狡猾的游戏。我其实并未反对报纸上的消息,但也没在任何地方直接承认报纸为我认定的国籍是对的。至于可能会威胁到我的护照,我则强迫自己给它弄上蔬菜沙拉辣酱、盐、胡椒、醋和橄榄油。我把护照跟这些调味料一起吃了下去,尽管费了九牛二虎之力。

　　身份的事差不多解决了,我把注意力转向莫妮萨。现在我轻松了一些,因此开始更注重我的情感生活。我不再像之前那样感到羞愧,而是期待着和莫妮萨决定性的一次幽会,我盼望着,盘算着,思念着。拿回自己的行李箱后,我让人直接把它带到楼上去,这让我能更加舒畅地思考与莫妮萨的事。

　　就像我说过的,事情并不简单。不仅要小心记者,还要注意杰瑞。还存在一个难题,与相对而言更加微妙的人性有关。至今为止主动权都在莫妮萨手上,所以我多少觉得安全些。我接受她的关心,但如果有什么不对劲,我会有尊严地放弃一味的接受。不是我在积极主动,不是我在承担风险。这样一来就根本不会有人知道,我有多么渴望她的关心,我甚至可以装作对那些关心无所谓,我只是出于礼貌接受了它们。毕竟排斥女人的关心并不好。

　　然而为了自己的利益我必须承认,我非常依赖莫妮萨的关心,我渴求她的关心,如果知道怎么做的话,我很乐意加快事情的发展。以及,如果我不害怕的话。因为她的关心在我看来是如此难以置信,我感觉自己如此配不上它们，以至于我虽然装作只是接受了我天生拥有的荣耀，却暗暗怀疑，命运在嘲弄我，这里正在形成一个陷阱。

然而现在俄罗斯人来帮我了。尽管当我还不是俄罗斯人时，我们就已经认识彼此了，而在我成为他后，我感觉到自己令人神魂颠倒的能力无比巨大。因此，她对我的感觉在我看来显得更加合情合理。于是，我拾起足够的信心，以便迈出属于自己的第一步，以便我们相互间的关系更加密切。

然而，在我就要做出密切关系的决定时，在我有任何举动之前，在我什么也没做之前，我马上陷入了惊恐与疑虑之中，我想了想，做这事我一定会出丑，莫妮萨会为我的无能而失望，简而言之——我会变得很可笑。所以目前我只限于采取初步的试探性行动。比如，我跟她说"你好"时会带着重音，不太明显，但每一次都带着重音。"晚安"我则努力说得讽刺些，给这句老套的问候加上讽刺是为了让她明白，在远离我的地方度过的夜晚将不会是一个美丽的夜晚。这时我凝视着她的双眼，试着解读出效果。然而在那双眼中我永远只能找到一种感情：温柔的迷恋，因为莫妮萨爱着我，甚至哪怕我爬着走，或者做出什么其他奇怪无比的行为，她也会接受这一切，认为这值得称赞并且独一无二。所以我们彼此并没有默契，我反复斟酌，精心谋算，盼着一切顺利进展，而她则浮想联翩，心醉神迷，魂不守舍。这甚至让我有些乱了阵脚，因为当我在她脸上寻找着激动的神情时，她看起来依旧心醉神迷，带着常人没有的那种陌生而痴迷的笑容。我不知道怎么看待她这样的反应，在我看来，她应该在我身边颤抖，黯然失色，然后把我拉到黑暗的角落里。在我的想象当中，一个男人只有让女人产生这样的反应，才值得称赞。

　　幸好，我注意到，她处在一种身不由己的状态中，哪怕我为了吸引她而做出的努力不是很机智或者根本就是粗鲁的，她也同样会用那仿佛是来自另一个世界的、温婉动人又心醉神迷的笑容接纳。甚至是让老天开眼她也不会发现什么。这让我肆意妄为，因为我预料到，不管我做出什么，她都不会审判我，也不会否定我。我感觉到，跟她在一起，我是自己一个人，我们不同的心境把我们分隔得如此遥远。她——存在于一个我不知道的地方，我——和我那些细致的谋划在一起。

　　从另一面看，莫妮萨自己并不打算有始有终并赶快采取决定性的行动，这一点让我有些失落。只有当她准备采取我所期待的行动时，我才会认为是看到了实质性的证据，证明莫妮萨是真的爱我的。所以，当一方面，我毫不怀疑地看到她被我折服，而另一方面没有这样的证据时，我不知道如何判断她对我的真实想法。因为在我自己眼里看来，我没有展现出任何魅力——那回肠寸断又歇斯底里的自豪感是个例外——由于她对我的爱恋连简单的事实依据也没有，我没办法认为这样的爱恋是真实的，这样的爱恋引起了我的疑虑。于是我一直怀疑她在设陷阱，在策划一场闹剧，想在众人面前取笑我。而我们之间地位的差距，让莫妮萨对我而言变得陌生，甚至充满杀气，而无论如何她都是遥不可及的，比其他任何一个女人都遥不可及。

自负感也在催促着我赶快采取密切关系的行动。每一块大陆上的男人，仅仅由于我同莫妮萨这个世界级明星认识，都会心生嫉妒，就更别说和她有更亲近的关系了。这会让我跟世界上所有男人的账都一笔勾销。所以，我被各种疑虑折磨得更加急不可耐、疲惫不堪，对各种想法更加纠缠不休。

莫妮萨求我参加每一场人们邀请她参加的宴会。她盼望着我永远在她身边，其他人的关切对她而言统统无所谓。杰瑞，在我作为俄罗斯年轻男子向他自我介绍之后，他没有放松警惕，很明显，是嫉妒，但他松了一口气，因为当下他更能理解莫妮萨对我的兴趣何在，之前这对于他根本说不通。现在，摸清了我的王牌，他感觉更好了,他认为,整个事情蒙上了一层公平竞争①的色彩。一句话,如我所料,当一名俄罗斯人是有好处的,这个身份已经起作用了,而我在这个环境中的地位也得到了应有的认可。所以我能够接受并利用好每一次被邀请的机会,不再像第一次那样疲惫。然而,我还是觉得筋疲力尽,需要休息。我艰难地忍受着各种事情,不仅是不寻常的事情,甚至还有那些根本是很平常的事情,而且只要我可以我就一定会——逃跑。所以,现在我又回到了自己的房间,对自己申明,必须治愈好我的神经衰竭。我不必着急。在我看来,有无数个在莫妮萨·克拉维尔身边的日子等着我。我告诉自己,一旦休息好了,我就会再次回到那个美妙的世界,那个已经属于我的世界。

而对于她,我很放心。我知道,杰瑞在保护她,不会让任何人接近她。每次宴会结束后他都把她送回酒店,送到我隔壁的房间。我自己躺在宽大的床上,制定着无数场作战计划。我需要时间适应新的身份。

---

① 原文为英语。

八

　　一天晚上,我又是一个人。我站在窗边。几个晴朗的日子过后,雨水眼看就要来临。我发现酒店前的摄影记者队伍不见了,这似乎跟天气的变化有什么联系。或许他们藏起来了,但我已经摸清他们的藏身之处了。

　　我特别想去城里逛逛,想在新的状态下与城市来个正面交锋,尽情享受高人一等的感觉,反正多少要有一种平衡感,我想象着这样的平衡感,并在最后一刻成功获得了它。我打算看看之前让我感到特别难过的几个地方。我会说,我想用一种暴发户的眼神仔细瞧瞧这些地方。我的想法真是疯狂,因为面对比自己强大的某些地方,我们人类是不会取得胜利的,哪怕我们不会马上接受这一点,总是做着貌似令人满意的尝试。

　　我从酒店里溜出来,来到码头,坐上船,前往真正的威尼斯。漫游威尼斯,无论是泛舟,还是徒步,都会一直迷失方向,这或许是用来解释为何那里的生活看起来虚幻缥缈的一个原因,而正是因为这种虚幻,才让人深信这就是真正的威尼斯的生活。陆地与海洋不断碰撞,无从知晓它们之间会擦出怎样的火花。夜晚,当船儿环游,海陆相吻时,灯火也来凑热闹,由于被倒映在水中，这些灯火往往成双成对。它们不停地闪烁，看起来散乱无序，布满了广阔的天地，荡漾着无穷无尽的水波。另外值得回忆的，是回荡在空中的钟声和大船小船们划行的声音。

　　已经很晚了。下船后，我很快迷失了方向，只能走到哪儿算哪儿。然而这没有任何意义。无论我去哪里，它都是我在寻找的地方，也是我想逼迫它们尊重我的地方，让它们为我惊叹，把从前可怜的那个我抛诸脑后。我现在会对它们做出另一种表情，已经不是敌对的表情，而是寻求认同、建立平等友好关系的表情。很遗憾，它们看起来并没有注意到我。它们也没有逼我走，但从前它们逼我走过吗？我开始怀疑，我对于它们，跟从前一样，是无所谓的。是我自己在那时给它们强加上对我的敌意，就像一个充满自卑的醉汉，固执地说服同他对话的另一个人："我知道，您瞧不起我，请不要反驳，我很清楚。"他想通过这种方式，不惜一切代价给同自己对话的人强加上对自己的某种强烈感觉，无论是什么样的感觉，哪怕是蔑视。宁愿如此，他也不愿接受另一个事实，那就是他的同伴对他的态度完全是无所谓的，不过是感到无聊而已。

　　我们能从他人身上得到多大程度的关注：得到他们的爱、喜欢还是尊重，与这些地方的关系就有多重要。

极有可能的是，这些地方根本没注意到我们，但谁知道呢。或许正是这样的不确定性逼着我们竭尽全力，在这些地方面前摆弄炫耀，或许因为这样我们才渴求与它们结下兄弟情缘。可以假定，我们能够成功获得全世界的最大热情和最悦人的关注形式。在成为世界的主宰之后，我们就什么也不用做了，只需要打包好装得满满的行李箱，跑到某个对我们来说特别重要、能获得认可的地方去，到那个我们曾经发誓要报复的地方去。那些地方不一定非要是金字塔或巨型瀑布。它可以是个并不出众但很有个性的地方，比如一个乡村公园，出于某些原因，从童年或晚些时候起我们就记着它；抑或是一条街道或一座小山，那里的日落和平常有些不太一样。在那里，征服才刚刚开始。让我们站住，坐下，肩并肩，这样做，或那样做，左腿向前迈进，右腿也向前迈进——但什么目的也达不到；或者更严格点说，无从知晓这样做能否达到目的。需要把握现状，慎重考虑，可此时我们甚至不知道具体要考虑些什么。周围的人已经不见了，甚至我们自己在自己眼里都成了麻烦。突然，我们开始成为自己的阻碍，就像是变成了某位年轻漂亮的小姐身边的那位小表弟，他同我们和她一起坐在同一个房间里，这时我们恨不得给他几块钱打发他去看电影——连我们自己都嫌弃自己，还谈何爱情的征服、盟约的缔结。而如果放弃这一切,我们的存在就将失去意义。这不是一件容易的事情。

或许有些人没有想那么多。然而这只是不同的渴望所具备的远见性的区别,而不是不同的渴望之间的区别。这样或许更好。他们不知道,哪怕他们摆平了身边的人,接下来依然有棘手的乱石关卡或是成片萧条的枝丫在等着他们。

总而言之,那时我因为忧虑而在威尼斯漫步,那是次鲁莽的散步,我越发感到虚弱,感到自己无足轻重,以至于决定稍微休息一下。我正好从某条小径走向一座弯曲的小桥,小桥跨过一条黑黑的运河,桥上灯火通明。这个地方被夹在陈旧的宫殿外墙之间。这些宫殿背对着我,像是价值连城的衣服被翻了过来,内衬朝外,象征着对现代世界的蔑视。

那时,我看见了莫妮萨,她出现在桥的另一头,在我的对面。一切都完全正常。

这一切都太简单,太平常,以至于让我吓了一跳。我明明盼着与莫妮萨单独会面,可老天爷哪,不是在我没有准备、疲乏无力的时候。这次相遇是残酷的。与莫妮萨初次相遇和这次相遇的区别,就像在马戏团里从安全的观众席上看一只狮子,和我们周末在城里散步时碰上一只从树丛中直接朝我们扑过来的狮子的区别一样。

命运第二次把我引向莫妮萨,让我开始把她当作某个顽固的预谋,正如每一个被比自己更强大的力量所操控的人一样,我感觉很不好。

我必须说,莫妮萨同样极其仓皇失措,显然她也受到了某种惊吓,但她努力掩饰,尽管装出了一副轻松的样子,但还是能看出来她是很用力地喊道:

"你好!"

"你好!"① 我回应道,同样装得很自在。在一天临近尾声的时候,只有我们两个,站在桥上,左边伴着流水,右边也伴着流水。"往哪儿逃呢?有啥新鲜事儿?"我问道。

"我从宴会上逃出来的。"她回答,"我和杰瑞吵架了。"

命运没有让自己仓皇失措。我用轻浮又友善的语调提问,原本企图表现出我对命运的安排满不在乎,让命运感到震惊,然而这样的尝试是徒劳的。莫妮萨和杰瑞——我的对手——吵架的信号,不可逆转地让我们的情况变得清晰明了。

"为什么?"我铤而走险地问道,因为除此之外我别无选择。

---

① 原文两处均为英语。

她没回答，只是向我走近，突然，始料不及地，她抬起头用双眼注视着我。

嗯，对。现在已经没有什么能够避免、阻止、推迟……连说话也不允许。与命运的从一而终完全不同，我反复无常，这使我陷入了沮丧与忧伤之中，并开始自我否定。我既没有欣喜若狂，也没有感到幸福，这令我气愤。这座小桥在嘲讽我。

那时，我注意到了附近墙上的一张大尺寸的彩色海报。那是放大了的电影明星莫妮萨·克拉维尔的肖像，墙上的她披散着金色的秀发，带着我在她脸上从未见过的性感的笑容。她的嘴巴微微张开，尺寸非一般大，她的眼睛也是这样，似乎是分别从两个放大镜突然看过去似的。海报就是用这种富有表现力的技术做成的，这种技术貌似从摄影角度看十分自然，但由于对每一处轮廓的细化、别有用心的版面设计、惊人的面容清晰度以及鲜明的色彩——粉色在那上面是彻底的绝对的粉色，而蓝色就是纯粹的蓝色——使海报上所展示的人物看起来令人不安，而且让我们对现实的看法产生了混乱。海报除了莫妮萨的脸，还展示了，也有可能主要展示的就是她半裸的胸。那上面的一切都以同样的方式呈现着，无论是脸，还是胸，这让被展示的莫妮萨看起来每一个部分都同样迷人。

看到了海报上的莫妮萨·克拉维尔，而眼前是活生生的莫妮萨·克拉维尔——我错乱了。第一位有着如夕阳照耀着的冰面般光滑透亮的面颊，和一双能称之为"眼睛"的理想的眼睛，第二位——从如此近的距离我看得很清楚——有一双眼睛，关于它们已经没什么可说的。这是一双没必要用言辞修饰的眼睛，生理的眼睛，依靠生理学现象，即瞳孔的真实感、虹膜的闪烁及眼睑的跳动存在着的眼睛。从这个距离看到的眼妆失去了全部的意义。贴上去的睫毛，画上去的眼影，在这里已经起不到任何作用，这样的多余令人失望。在我看来，真正的莫妮萨在那里，在海报上，而在我面前站着的只是个无名无姓的生物，没有任何机会战胜它的对手，可怜得多。在这生物的面颊上，分明能够找到几处多少有点儿粗大的皮肤纹理，在脸颊和脖子边缘有些皱纹，非常微小，但分明存在，无法逃避，因为这是由生活创造出来的痕迹，因为她四处奔波、不断活动、转动脑袋、说话、大笑。

那位有着一张无可挑剔、完美无缺、不容撼动的嘴。最多能把它连同海报一起毁掉，可对它本身什么也不能做。面前这位的嘴软绵绵的，轮廓总是不那么分明，变来变去。这位的口红涂抹得很细致，但面对海报上的那位，这口红给人留下了尴尬的印象，因为它见证了活生生的生物组织为了变成海报上的完美典范所做的努力，然而这样的努力注定被判失败。这样的无助先是让人类感到羞愧，然后会使人产生敌意与愤怒，甚至引发一种轻蔑的态度来抵抗羞愧感。我第一反应是感受到了这股愤怒与敌意，因为在我看来，我被骗了，恶毒的命运给我的不是我想要的莫妮萨，而是个赝品。与此同时，卑贱的羞耻感就像某个正在追求高贵女神的人在和一个厨娘云雨时被女神发现了，而且这个厨娘很丑。这样的场景，粗俗又意外，非但不会引起嫉妒，反而直接让人颜面尽失。女神在那里，在海报上，纹丝不动地笑着，因为自己的永恒而显得可怕，只有我自己能够赋予这永恒新的意义，这取决于我如何想象她。幸好，真实中的莫妮萨与想象中的莫妮萨不同，正是她的卑贱在某种程度上拯救了我和她。因为在墙上披散着头发、齿如雪、唇似丹的那个莫妮萨使我产生了这肮脏的羞耻感，而且令我气愤，与此同时，她的专横让我想要反抗她。她的吸引力和她那遥不可及的感觉同样强大，面对她的吸引力，以及她的暴力，必须找到自我。我同样受到审判，因为我跟站在自己面前的生物一样，是活生生的，同样是生物，谁知道我心中的团结精神会不会爆发。或许正是她在那位完美对手面前的无助打动了我——以及，只有我自己清楚她的无助。于是我有了一种责任感，就像一个在山中受到巨雷惊吓的人，意识到自己是同行的人当中最强大的，所以不管愿不愿意，都必须把自己和其他人从不幸中解救出来。在这种情况下，三人之中除了我，没有人必须承担责任。活生生的莫妮萨什么也不知道，海报上的莫妮萨在生命世界之外，只会笑。我只剩下我自己。

那皱纹现在在我眼里变得尊贵，我会保护它，让它不受海报那无情呆板的光滑的伤害。与此同时，同情与关切暂且浇灭了从前我在莫妮萨面前怀有的如火欲望。假若没有这两种感觉，我会像喝醉的水手一般朝莫妮萨扑过去，一部分出于纯粹的冲动，一部分出于义务，以践行占有她的决定。而在对此没有十足的把握时，谁知道我简单粗暴的行动会不会毁掉一切呢。

总之眼下事态是不可能这样发展的。我的高尚与温柔已经在燃烧，我尝到了它们的甜头，不会让自己因为冲动夺走它们，不会忽略我对它们的感激——我感激它们让我远离了极端，在这个极端面前，就如同在每一个极端面前一样，我曾感到畏惧并懈于行动。

我很温柔地抱住了莫妮萨，并吻了她的额头，出于责任感，我摆出了高傲的守护者的姿态，这样的姿态给了我许多满足感，确实与我先前渴求的满足感不一样。可即便如此，这也根本不妨碍我在一个小时后咒骂自己的软弱。

接着,我们来了一场爱人间的经典散步,什么话都没说。朦胧月色下的威尼斯美景授予了我这份幸福,让我们心心相印。在这幅美景下,一切言语都属多余,否则我将会有大麻烦。

于是,我可以舒坦地想入非非,预想当我们到了酒店以后会发生的事。但杰瑞在酒店前面等着。他什么也没说,坐在椅子上,抽着烟。他甚至装作没看见我们。

九

要是我与威尼斯、国外、行李箱、俄罗斯人之间的这些踌躇、搏斗和挫败能少些就好了。

现在,当我静静地回想这件事时,我会相信,莫妮萨·克拉维尔从来没出现过。因为我心里的她不是那时我在桥上所看见的模样:活生生、带着有瑕疵的妆容。只有海报上那个她存在过,永恒而光辉。她就像我眼中的威尼斯、潟湖、名声和海外那样完美。假如这同样的——也必须是这同样的——肉体出现在我的国家,不是骑着马,而是坐在火车二等车厢的包间里,不是在来自好莱坞的杰瑞、迈克的陪伴下,而是跟吃着三明治加白煮蛋的舅舅在一起的话,那么很有可能,我根本不会看她一眼，也就什么也不会发生。不管怎么说，从一开始，直到桥上的相遇，我其实根本没爱过她。她太完美了，没有缺陷。她在吸引我的同时也激怒了我。她激发了我狂热的欲望，让我想要与之匹敌、超越并控制她。而当这一切想法是不可能实现的时候——她就激起了我刻意的蔑视，这是弱者在强者面前获得优越感的唯一办法。我需要的仅仅是看见她那双抹着浓妆的眼睛和脖子上细细的皱纹，让我在这如金珠子般神秘的柔滑中看见瑕疵。我等的就是这个，只缺少这个。

现在我感觉足够安全了，因为每当彻底的失败、屈服和无力对我产生威胁时，我都能让自己想起这皱纹来给自己力量。这导致我有时想屈服于现实，有时又不想屈服。我怀念被完美的莫妮萨征服的感觉，但也怀念征服有缺陷的莫妮萨的感觉。屈服于我幻想中完美的她，但每当想要征服她时，为自己保留面对现实的自由。每分每秒我都在争取平等的权利和逃离的机会。如果我只是想要自由，我只需要抓住机会在心里嘲笑莫妮萨，她的缺陷终于被我发现了，我终于可以击退她了。可我不愿意嘲笑她。因为现在在我看来，我终于可以不担风险地去爱她了。

作为一个没有事实依据的俄罗斯人，我全力以赴，准备出席 K. M. B. 的宴会。我希望，在客人当中不存在可能会揭露我的人。但毫无疑问，出席宴会的其他人会期待我穿件特别的服装。我有两张不同的王牌：博大的斯拉夫精神与意识形态方面的原则。这样的设定给了我全方位的保障。若是我自封的两张个性王牌中的一张背信弃义了，第二张会替它辩护。

与上次在怡东度过的那个可怜的夜晚不同，我不再为自己又要出现在公众场合而惧怕。这回我已经是个重要人物了。身为一个无名小卒随便进入什么地方是多么难——或者根本不可能？公开我的真实身份是否还有意义，我不确定。

K. M. B. 手下的人如约来接我，把我当作俄罗斯人送到了威尼斯郊区的府邸里。俄罗斯人确实是件有价值的交易品——客人有这么多！幸好我是这片葡萄园里唯一一位俄罗斯人。

K. M. B. 的秘书对我说着笑话，介绍着附近的环境。由于我一直把心思放在自己身上，在应当装作对附近感兴趣的时候，我都感到吃力。我要表现出对除了我自己之外的任何东西都感兴趣，这样的伪装令我如牛负重，效果也不尽人意。但俄罗斯人的身份可以为我的迟钝打圆场，现在我已经可以像根原木似的塞在这辆车里，仅仅担负着自己的五脏六腑。所以更应该由陪同我的人找话题解闷，而不是我。我已经有自己需要专注的重心了。虽然，可惜，是装的。

府邸在连绵的丘陵上显现了出来，浅黄褐色，有无数扇窗，高悬于向西延伸至大海的平原之上，北边耸立着阿尔卑斯山。我们开进了铺满砾石的私人车道。K. M. B. 正在等着我。他的白头发和黑眼睛正如在他那些有名的自画像上画的一样，让我认出了他。但他头上还戴着哥萨克风格的帕帕克帽①，而脚上穿着崭新的黄色高筒鞋。

"您好。②"他说道，摘下了帕帕克帽。

于是我拍拍他的背，叫道："没什么！③"

显然，他很高兴，虽然有些站不稳，保持平衡有些困难。他也拍拍我，我则用更大的力气拍了拍他，以至于他的胸腔因这粗鲁的举动响了几声。不管怎么说，毕竟这人已经不年轻了。

他揽住了我的肩。

"让我带你们到我的宅子里去。"他说。

灰狗们懒洋洋地围着我闻。府邸前修整过的草坪上，客人们满心期待着我的到来。通过大敞开着的落地

---

① 帕帕克帽是一种流行于高加索地区和俄罗斯的圆筒形皮帽，曾被认为是苏联的传统和象征，在20世纪40年代被作为身份和高等级的象征。

②③ 原文为俄语。

窗，能隐约看见房间里那些地球仪和古老的航海定向仪，年代久远的家具闪闪发光，空气里弥漫着老图书馆的气味。

K. M. B. 向我依次介绍客人，就像介绍自己存货的样品一样，漫不经心，却恰到好处。他们当中有一位身穿长裙的半老徐娘，裙子是红色的，"五一"① 的颜色。

"啊，公主……"我猜出了她的身份，并对她指指点点。

"老是这样。"她深深叹了口气，带着有些夸张的无奈，"而我本来以为，至少你们是不会在意这些小玩意儿的。"

我感到困窘，因为我想到，她怀疑我是个势利鬼。难道她不是这样看我的？

"非常好，所有人都是平等的。"我赞赏道。

K. M. B. 已经在祝酒：

"万事顺意，身体健康！②"

---

① 这里的"五一"指的就是国际无产阶级共同的节日：五一劳动节。这一天，世界各国的劳动人民身披红色的共产党旗帜上街游行庆祝，"五一"的颜色指的就是这种旗帜的颜色。下文"'红旗'公主"同理。

② 原文为俄语。

"哦,不!"我叫道,而当所有人都诧异地看着我时,我庄严地说道:"首先为历史干杯。"

"为历史,为文化!"聚会上的人们松了口气,喊道。

而我为了给自己的举动增添适当的庄严感,先干了一杯,接着依照古老的军官习俗,把杯子朝地上狠狠地摔了下去。可惜我忘了,我们站着的是软软的、修整过的英式草坪,而杯子非但没破成碎片,反而只是反弹了一下,蹦了一下,甚至连响声都没有。我害怕极了,怕人们不懂我在干什么。我很快弯下腰去,想把杯子拿起来,一个仆役动作比我还快,于是我的额头撞上了他的脑袋。一声闷响。客人们向我围过来,说着关心的话。

"疼吗?"K. M. B. 不安地问道,"我这就叫人拿冷敷布来。"

"不必了!"我叫道,"在我们那儿,在顿河边,我们甚至喜欢这个。男孩儿们常常用'碰碰头'的方式一起玩耍,为了寻开心,也为了学习。喏,如此简单的娱乐。来吧!"

接着我把手从额头上拿开,用脑袋如猛牛般撞向毫无防备的仆人的鼻子,直到我疼得眼前一片漆黑。仆人倒下了。

"原谅我,兄弟。"我还来得及对他悄悄说几句话,

"我是以国际运动的名义这么做的。"

"这是什么性情!"脸色发白的公主叫道。

"我也能撞墙!"我被她的惊叹所怂恿,轻率地喊道,"我什么都能!"

幸好他们及时阻止了我。人们在花园椅上坐了下来。我感觉站不稳,头疼得要死,但我很高兴用脑袋的代价保住了面子。K. M. B. 做了个手势,让人把这社会底层的人抬出去。

"您发烧了。"公主把手放到我的额头上,为我担忧。

"我们的血液循环就是如此活跃。"我解释道,秉持着毫不动摇的原则。

人们排成一圈围着我,在我眼前转。尊贵的头颅,领口,细细的手腕。紧挨着他们身后的,是一片宽广得难以置信的大地,雾霭重重的乡村公路,还有一条条河流,一团团积云。我的目力很明显由于颤抖增强了,因为我觉得,他们正从这些积云里朝我走来,并充满爱意地、世俗地伸出手来。而所有人都与莫妮萨·克拉维尔相似,他们都同样贪得无厌,却处于被动,并将这种被动性面向我。"去吧。"他们好像在说,"你是美丽的、强壮的、出色的,你是我们的。""那如果我是丑陋的、软弱的、卑贱的呢?"我凭着仅存的一点清醒的意识问道。"拒之门外。""为何?""因为我们想欣赏你。你就屈服吧,做你想做的人,因为就算是这样也一点儿帮不了你,你将永远是美丽的、强壮的和出色的,因为我们欣赏你。""所以就是这样?但这意味着,你们根据自己的喜好塑造着我,又鄙视真正的我。""对,这是唯一的条件。甚至连我们的上帝都必须接受它。无论他给信徒们带来怎样的痛苦,哪怕是瘟疫或作物歉收,什么也帮不了他,信徒们会接受一切,并将之融入自己的爱中。"

我在他们当中首先看见了女人,这不是没有原因的。男人们在试着压制、熄灭自己的男子气概,像女人一般向我示好,被自己的男子气概弄得窘迫又尴尬。他们心服口服地意识到,男子气概正妨碍着他们喜爱我,不允许他们在媚态上与天生具备调情能力的女人相媲美。当他们向我介绍自己那些寓意着财富、声名、优良血统的姓氏时,他们自己就在收敛与蔑视这些品质,试着以此迎合他们所认为的我对这些品质的蔑视。他们就好像在说:"就看看吧,我们拥有的这一切是多么没用啊。"他们想通过这条途径赶在我那所谓的蔑视之前夺走主动权,并将这蔑视化为自己的一部分,从而为我们所共有。他们想与我勾结并结盟,与我一起创造新的国际上层社会。"我们属于过去,你们是未来的精英。让我们成为好朋友。"

然后，我们大家坐在桌边，在向露天阳台和这广阔无垠的大地敞开的房间里，这么多的白色与银色，这么多的花，我只在圣坛上，在童年时，在五月礼拜①期间看到过。只有一个坐在我左手边的驼背的人，什么也不说，边吃边给自己揉着驼起的地方。

这是恋爱之人的宴席。我爱着欧洲，欧洲爱着俄罗斯人，而俄罗斯人——没有人知道他爱谁，因为他不在。可那是怎么回事，在他坚忍外形的保护下，我什么也不怕，仿佛我发现了巨大无比的魔力一般。命名打造了现实。哦，谢谢你，罗斯之神！在你的壁垒之后我正饱嗅这朵欧洲之花。

"我要讲一则轶事。"我傲慢地对陪在我右手边的"红旗"公主说道，"很久远的故事。在我们那儿，在庄园里，住着一位美丽的女继承人。她常去公园里坐坐，在成荫的凉亭里，而且读法语诗歌，浑身散发着香水味儿，精致。送水工伐希尔科常在栅栏后面穿过，他是一个皮肤晒得黝黑的农民，有着葫芦般浑圆的二头肌。"

---

① 五月礼拜指每年五月份在天主教堂举行的向圣母玛利亚祈祷的活动。

"粗人?"公主确认道。

"有点儿粗俗。那里的栅栏有着它应有的高度。第二天伐希尔科穿过时,栅栏似乎矮了一英尺。他感到诧异,但没做什么。直到他再次经过那条路时,栅栏离地已经只有两掌高,他陷入了沉思,觉得可疑,但只在胸前画了个东正教十字,然后平安无事地穿过了那个地方。

"可次日他来看时,这儿的栅栏已经完全不见了,只有女继承人在吊床上荡来荡去。'你送的是什么,伐希尔科?'她问。'啊对,水,尊贵的小姐,请吧。''那给我点儿吧,我渴了。'他害怕极了,但还是拔出了木桶的塞子,而女继承人像是永远也喝不够!她喝呀,喝呀,喝掉了他半桶水。第二天和第三天同样如此,不经意间,她掠夺着这个粗人额外的财产。

"伐希尔科忧心忡忡,因为他已经无法给人们送水了,而且他过得很差。最后他绝望地往木桶里倒入了酒精,然后像往常一样沿着公园穿过。女继承人已经如此习以为常,以至于连问都没问,就喝下了一大口。然后,她把头发散开,坐在木桶上,说道:'为什么,你,伐希尔科,这样迫害我?先是拆掉栅栏,然后用水来灌我,你必须受到鞭笞。'

"伐希尔科为她的命运感到悔恨,哭了起来,为了赎罪,他马上把庄园烧了,好让自己永世不得翻身,而对她,为了让她从世间的磨难中解脱出来,他把她送到了另一个世界。而这正是他最大的不幸,因为劳动人民那时就是这样被富人们欺骗和压榨的。"

"为什么?"宴席上的人们齐声问道。

"因为那时他还不知道,上帝不存在,来生也不存在,他的气力全是白费。他既没有让自己永世不得翻身,也没有让她有更好的来生。伐希尔科就是这样被不公正的体制欺骗了。"

"他真可怜……"公主同情地说道。

"时代不同。"我点了点头,"现在,伐希尔科醒悟了,水管也在我们那儿发明了出来。"

"忧伤的故事。"K. M. B. 叹了口气,"但是挺不错的。难怪你们那儿有这样的人才。"

"屁。"驼背老头出人意料地说了一句。

被压迫的伐希尔科的故事明显打动了他们,他们都感到自己是帮凶。

"我穿的都是用过的东西。"K. M. B. 说道,"您想看看吗?"说到这儿,他抬起了腿,"哦,鞋底完全穿旧了,就跟粗人们一样。要是穿坏了,我就穿上别的鞋而且反复地穿。"

"我最喜欢潘捷列耶夫①。"公主插了一句,"可您怎么了,您脸都白了!"

确实,阵阵可怕的呕吐感突然向我涌来,毁掉了我全部的幸福感。护照,我自己的护照,曾被我吃掉的……是不是那硬邦邦的纸板封皮如此难以消化,还是油墨……

我想起了我是谁。我四肢乏力,猛地冒冷汗,我已经撑不住了,不能再充当俄罗斯人。我再也不能讲故事,也不能装成顿河边的勇士。过一会儿就会暴露,我是谁。他们不可能猜不到。俄罗斯人什么都会吃而且什么也伤不了他。他什么都顶得住。他不借助任何代步工具,在冬天直接走过冰冷的河流,在这之后依然能欢快地歌唱,而我……那个驼背仔细地看着我,肯定已经在我身上看见了和他一样的软弱无能。伤害,伤害,他们又一次给我造成伤害。我为自己的伤害感到愤怒;我做的都是些什么,刚成为一个有头脸的人物没多久,恶毒的命运就要从我这里夺走一切。一同出席宴席的人们让我心生一股怒火。当我已经没有足够的力气继续把自己当成自己伪装的人时,我只在他们身上看到了一群低声

---

① 尤里·亚历山德罗维奇·潘捷列耶夫(1901—1983),生于圣彼得堡,20世纪50年代任苏联海军上将。

下气求取野蛮人关心的颓废派艺术家。俄罗斯人还在他们跟前坐着,可已经只是个人体模型,我,他的灵魂,从他的躯壳出走,作为第三者旁观着一切。敏锐的民族意识回来了,虽然,可惜,是在意外的生理形象中。怡东酒店花园里的场景在我眼前重现了,如此栩栩如生,那时我徒劳地向他们展示着我民族苦难的证据。而现在我分明又在受苦。苦难,高尚的牺牲,他们都不感兴趣。但只要把他们放在强大的人面前,他们就会下跪,张开双臂并且讨好。如果真能这样,我就给他们点儿颜色瞧瞧。

那时我想,无论如何一切都无法挽回了,我为丢失的快乐感到悔恨,为我民族永远的失败感到悔恨,在自己都不知道自己在做什么的时候,或许是被忧伤的回忆深深攫住了,或许是因为品德未受嘉奖而感到自卑,我从桌子上抓起银色的糖盅,把它扔向了立在墙下面的大花瓶。

我刚扔出去就吓坏了。花瓶被砸了个粉碎。我不安地看着他们惊诧的面庞,试着从他们的神情中看看我俄罗斯人的身份能否挺过这次危机。现在只有他能拯救我。在恐惧中,我期待着人们将这举动归咎于他博大的灵魂。现在俄罗斯人再次成为我唯一的退路和护卫。

"啊对……"过了一会儿,K. M. B. 说道,"那是个极其丑陋的花瓶。那些人确实发明了陶瓷，但他们不知道该怎么利用这个发明。谢谢您。很遗憾，我在这个房子里放了很多没有价值的东西。"

我松了口气。本来我那小心肝儿已经准备好亲吻这位房子主人的小手并道歉了，幸亏我被吓得动不了，否则起身道歉会让我身败名裂。可等等，他说了什么？他说这里不是所有东西都是高档的？我充满了疑惑，要想保持良好的贵族修养的高度，是不是应该把他们偶然表现出来的自我鄙视当真？因为我的民族魂就是这样，它最重视杰出人物，任何领域的，重视典雅的仪态、讲究的言辞和良好的举止，拥有这样的民族魂的人永远惧怕自己会因为举止不当而遭到同伴的取笑。所以，如果这样的鄙视是合适的，它的地位会迅速上升，并加入到这场精英阶层的游戏当中。假如事实上在这个房子里，在价值连城的艺术品之间真的有价值低廉的艺术品，那要是我鉴别不了，并容忍某些赝品的存在，会怎么样？在我看来，大家已经在等着我以艺术鉴赏家的身份亮相了。但不管怎样，现在的当务之急是优雅地回应主人，无论付出多大的代价。"拉罗什富科①，拉罗什富科。"

---

① 弗朗索瓦·德·拉罗什富科（1613—1680），17世纪法国古典作家。

这个名字在我脑海里呆呆地来回打转。"拉罗什富科碰到我这种情况会怎么做？或者主教德黎塞留①？哦，俄罗斯人啊，为何我没有坚持你的本色，为何我允许我自己的民族精神统治我，我这个势利眼被恐惧蒙蔽了双眼，不会在集体中立足，正挣扎于最可怕的滑稽与愚蠢之中。"

我仔细地环顾四周，让我的眼睛看起来像是鉴赏家的眼睛。最后，我看准了一幅画，色彩足够暗，因此很难从表面上判断是否是有价值的；画面也足够模糊，让我不知道自己毁的是什么。我从椅子上站起来，在它上面抹了一份酱汁。

"太棒了。"主人声音嘶哑地说道，"荷兰酱汁正好，一点也不影响凡·戴克②的作品。而人们说，俄罗斯人没有绘画方面的构图感。请不要觉得不好意思。这幅画从很久以前起就折磨着我了。""是吗？"我愉悦地叫道，感到很满意，我的声音里透露着十足的才气，而且依我看来，完全是法国风范的。"那我们看看，您那儿还有些什么！"

---

① 阿尔芒·让·迪普莱西·德黎塞留（1585—1642），法王路易十三的宰相及红衣主教，是著名的政治家、外交家。
② 安东尼·凡·戴克（1599—1641），比利时弗拉芒族画家，英国国王查理一世时期的英国宫廷首席画家。

他的脸"刷"一下白了，但他还是从桌旁站了起来。

"请跟我来。"他说道。

在他身后，客人们十分乐意地站了起来。毕竟豪宅和艺术品不属于他们。我们向住宅的深处走去。走在前面的仆人们高高举着烛台，他们后面是我和 K. M. B.，我们后面是其他客人。在路上我给自己配上了一根高尔夫球杆。

在我们进入的第一个大厅里马上就有了巨大的选择。艺术品不计其数。一进门我就砸了立在柜子上的帝国钟表，而房子的主人，像什么也没发生似的，只是说了句赞赏的话。我渴望不仅凭我在玻璃、瓷器和绘画方面的挑剔给他留下深刻的印象，而且也凭借我在家具、织布和家居装饰方面的苛刻给他留下印象。唉，拿着高尔夫球杆能做的事不多，一把普通的折刀或许在这里更合适。我考虑过，是否要请他给我一把小斧头，但我放弃了。若是正巧他家里没有小斧头，我不想让他处在两难的境地中。

幸好我的呕吐感多少消失了，明显是因为自己活动了起来。我在一件件餐具或画作前驻足，它们一件比一件独特。我装作成功鉴赏家的模样眨着眼，内心深处却没把握地盘算着：砸还是不砸？……然而，当器皿碎片四处飞散或油画布轻轻一声破裂时，主人依旧文雅地接受着这一切，而这增添了我的希望和热情。

我的兴致很快高涨起来。这样的机会不常有，这么说不是因为考虑到它与古玩有联系。"为了我的民族，为了你们的财富，为了文化。"我怀着凄凉的满足感想着，同时狠狠砸向下一件古玩。"为了俄罗斯人，为了怡东。"家具、布匹、器皿的碎屑飘飞四散。我们的队伍正走过套间。无动于衷的仆人们高高举着蜡烛，越发崭新的书房、卧室和大厅在我们面前敞开，而我已经不再装作在挑选什么了。我大汗淋漓，碰上什么砸什么。所以也不奇怪，我很快就喘不上气来，也很难再把高尔夫球杆举起来。

"或许我们该休息休息？"我们来到宽敞的大厅时，K. M. B. 说道。在我看来，他这句话说得很漫不经心。我们大家在褪色的宝物之间坐了下来。我大喘着气，但不想罢休。

"那如果来场篝火如何？"我叫道，"就用我们的方式。我们在火旁取暖、唱歌……"

"真正的篝火？"K. M. B. 脸色苍白地问道。

"对，真正的，骑士般的，属于我们的。不，不是那里那些壁炉。"我顺着他落在凄凉冰冷、年代久远的壁炉上的目光看去，说道，"这不一样。这些椅子干干的，烧起来会像杂草，像我们那儿的桦木。有必要的话，连沙发也扔进去，还有壁毯……"

"这座庄园已经被烧过好几次了。"K．M．B．说道，"这还不够吗？上次是在法兰西人行军的时候。"

"法兰西人是王八蛋。"我硬生生地说道，"他们是群青蛙而且繁衍得很差。那怎么样，我们烧还是不烧？"

"我不想被误会。"K．M．B．回答。

"所以您在担心什么？在我们那儿，在东方，所有东西都一直在燃烧，就是一股热流。而我们觉得没什么，哪里穷，哪里乐。您把火柴拿出来吧。"

与此同时，迈克走进了大厅。他老远就招呼我了。

"抱歉，我打断了愉快的谈话。"他向屋主人说道，"我有封急件给您的客人。"他把一张白色小单子递给了我。

"来自莫妮萨。"他小声加了句。

我完全忘记了莫妮萨。我走到一边并开始读起来。众人赶忙离开了大厅。"*亲爱的*①，"我读着莫妮萨潦草、匆忙的字迹，"杰瑞要带我去好莱坞。他什么都知道。我们明天十二点起飞。我恳求你，马上过来。十点我会逃到圣马可广场去。我会在圣马可教堂前等。我爱

---

① 原文为英语。

你①"。

"我必须马上回到威尼斯。"我对迈克说道,"您有车吗?"

"弗拉迪斯拉夫正在大门外等着。"他不情愿地回答道。我确定,他暗恋莫妮萨。他接受这个任务只是出于对杰瑞的敌意。我跑到门口,刚刚满是客人的走廊变得空荡荡的。在门边四散站着的仆人们一动不动地举着烛台指路。餐厅是空的,既没有客人,也没有侍者。只有穿着"五一"颜色裙子的公主在凝视着碎了的花瓶。一阵清凉的晚风从敞开的门吹进来。莫妮萨走了,一切都结束了。

"把衣服脱了!"我冲公主吼道,"我身后有三百支军队!"

就我们两个人。她会脱衣服吗?若是她反抗,我没法儿派任何一支部队来对付她。但她没有反抗,把裙子脱了下来。我抓起这裙子,跳到了露天阳台上。在漫无边际的夜里,小城中烛光点点,山谷里车灯道道。我找到了旗杆,逢节庆人们会给它挂上相应的旗子。我把裙子别到旗杆的绳子上,把它升到顶,敬了个礼。然后我从桌子上掠夺了几只啤酒杯并把它们藏在西装外套下

---

① 原文为英语。

面。会有用的。况且……他们的杯子这么漂亮!

弗拉迪斯拉夫确实已经在门前等着。

"开车,先生,伐瓦德克①先生!"我一边喊着,一边坐在了汽车坐垫上,"是不是这样,也都是这样,奶奶的老脸被打得不成样。已经是这样,就只能是这样。"②

但弗拉迪斯拉夫显然在异国他乡忘记了自己的母语,因为他什么也没说,只是把刚刚为表敬意摘下的帽子戴回去,然后坐到自己的位置上,把门重重关上,一声不吭地开起车来。在我们身后,在城墙上,红色的锦缎随风飘荡。

十

莫妮萨……她是我最后的机会。

我们疾速行驶,车窗外的行道树一株连着二十株猛地掠过。在我眼前,弗拉迪斯拉夫的背和戴着又圆又鼓

---

① 此为弗拉迪斯拉夫所对应的波兰文名字的小称。下文的"伐瓦德柴克"同是该名字的小称。

② 这是一句波兰顺口溜,此时主人公说的不再是英语,而是波兰语,他可能是自言自语,也可能是对弗拉迪斯拉夫说的。因为弗拉迪斯拉夫其实是乌克兰人,乌克兰语与波兰语有许多相通之处,两国人民在大多数情况下理解彼此的语言。

的帽子的头投射在这明亮的车流背景上，仿佛投射在屏幕上一般。

"我们从这里离开，"我想，"到好莱坞去。必须一次性摆平杰瑞。问题在于，他一定会柔道。这种绅士从小就学习日本武术和优良礼仪。虽然，身为美国人的他有可能一直在什么地方藏着，最近才开始自力更生。在美国这样的事常常发生，尤其是在电影行业。可眼下他一定会拳击。"

反正都一样，差不多会是这样。莫妮萨或许什么都考虑过了。现在我们会让他吃惊，而惊讶总能胜过一切。最重要的是，我们得谋划出一个逃跑的办法。等我们到了好莱坞，会安顿好一切。莫妮萨在那里肯定有座围着坚固围栏的别墅和一群私人保镖。而杰瑞……或许会自动退出，消失无影。已经有过许多类似的例子了。比如在电影里，根本不止一次出现过这样的男人们，他们强壮勇敢，却放弃追逐爱的权利，只为能给自己所爱的女人幸福。或许他会借酒浇愁，堕落，首先是肉体上的堕落。对付醉汉更容易，哪怕真的干起什么来，他们四肢虚弱、呼吸短促、视线模糊，对付这样的人只要伸出条腿绊倒他就够了。另外，那时或许他连打架都不想了，只会抱着一切都无所谓的态度被拉到酒吧里去醉生梦死。

我们会过着悠闲安逸的生活。早上，吃完早餐后，她到好莱坞工厂去工作，我则穿着丝绸睡袍，守着一块儿巧克力慢慢品味，自己再坐一会儿，然后走到露天阳台上看一看。加利福尼亚的早晨一定很美。园子里肯定也有泳池。我会看看报，散散步，接着刮刮胡子，洗个澡。莫妮萨从工厂里打电话来，只说短短一句话，想在晚上与我约会。我们会相约在米高梅喝杯鸡尾酒，或去别的地方。但不是每天如此，要看心情。

我不会再在宴会上挑起任何争端。何必——反正他们也不会理解。他们永远不会理解我们的经历，他们不会知道我们是怎么过来的，而历史又是如何严厉地对待我们。这样更好，我不仅将因视野开阔、性情敏锐而比他们更高一等，也将被视为一个有历史天赋的人。

只是有时候，在他们充满着绯闻与笑话的欢乐圈子里，我会陷入沉思，走到一旁，手持玻璃杯站在水面旁的暗处。镜子般的水面映照着我白色的西服和黑色的蝴蝶结，而我在苦思冥想。谁知道呢，也许我会穿着衣服走进水里，在美国人们有时会这样干。哪怕他们可能会感到诧异，可毕竟大家都清楚，我来自远方，是外国人，我不属于他们。或许，我还会同从电影制片厂来的某个贫穷的群众演员交上朋友，同样来自异域的朋友。我们会常在他家徒四壁的小房间里坐坐，吮吸着实际并非来自家乡却能缓解思乡苦痛的饮料，一起追忆过去。他从墙上把吉他取下来，并唱起了歌，一首来自古老国度的歌，一首和我们一样不属于这片大陆的歌。而所有人都将感到奇怪，是什么让我跟个没头没脸的穷鬼走到了一起，他那个无名小卒的圈子在过去做不到这一点。多么私密，多么神秘。没有人会知道，这个秘密的答案是多么简单："乡愁。"

"再快点儿，伐瓦德柴克先生啊。"我焦急地说道，"再快点儿！"

我不会忘记我的国家。不，我不会掺和到任何政治行动中。但我可以买下一大批小型摩托车，我可以买一万台，或者一万五千台，甚至三万台，而且把崭新的它们全部作为赠品送给我们的年轻人。关税我也会付，不要客气。就让他们拥有这些，为了那沉重的童年，为他们必须看着他们的父亲逃亡归来时双腿湿漉漉的、浑身满是脓疱的模样。自动唱机我也会给他们买下来，而且我会确保让他们一直有新的歌单，因为他们那么喜欢爵士乐。毕竟我是在那边长大的，而且我属于新一代人。要是国内有什么雕像建设的募捐，我也会参与。要是朋友们想要给自己在浴室里铺上瓷砖或者装个新式小水龙头——我很乐意买下来并给他们送去，这当然没问题。他们如此渴望过上现代化的生活，殊不知，只有当他们有相应的条件时，方能变得现代化。不过我也不否认，我的祖国还是取得了许多成就的，比如开展了扫除文盲运动①。

或许什么时候我会回国造访一下。常常有不同的电影节，他们可以邀请莫妮萨。我会住在招待外国人的酒店里，观察着我不在的日子里发生的变化，侍者用英语对我说话，而我那时就对他们说母语："请给我这个或者那个。"直到此时才会出现惊奇与喜悦的一刻。如果懂语言，那就能够更好地游览一个国家。我们可以带上一两辆车同行，比如一辆柳绿色的别克，配着如伯利恒星②般明亮的车灯。停车场里，一群乌合之众围着它，而我在即将离开时，会把它留在大街上。气喘吁吁的酒店经理一边追着我跑一边叫道："先生，先生，您的车！""对，我对它没兴趣了。""怎么，先生不把它带回去吗？""不，我累了。我就把它留下了，您想拿它怎么办就怎么办吧。"我将会是这样的风格。

我也会去看看我曾经住过的城市。我会走进曾经每天在那里吃饭的餐馆。尽管我两鬓如霜，穿着不一般的

---

① 二战后整个欧洲都展开了"扫除文盲运动"，实际上并不能被看作仅仅是波兰取得的"成就"。

② 伯利恒之星，即圣诞之星，据《圣经》记载，东方三博士就是在这颗明亮的星星的指引下来到耶稣降生之地的。

衣服，人们依然会认出我来。我穿的大衣轻巧却暖和，"精英"① 公司的，三角形纽扣，这样的纽扣在那儿一直很时髦。我会像许多年前那样点饺子，一如既往，就像什么也没发生过、没改变过似的。然而骚动这才刚刚出现！人们会蜂拥到餐厅来，会瞧瞧我，会嫉妒我，不掩饰掺杂着赞赏的妒忌。而我不会有什么反应，我会平平常常地、老老实实地吃着自己的饺子，我将是仁慈、和蔼、友善的，偶尔还会开开玩笑。当人们怯生生地问我能否摸一摸我的大衣，甚至试一试时，我会同意。当然，请不要客气，毕竟这样的大衣对我而言是小意思。

或者也有可能发生这样的事，我会碰见朋友的姐妹和她的女同事。她们恰好处在花样年华。我会约她们在咖啡厅见面。从附近的桌子传来窃窃私语，人们彼此靠近，偷偷窥探，悄声说出莫妮萨·克拉维尔的名字。我会点小蛋糕。"多少？"女服务员问。"有多少要多少。啊哈……你们这儿没有花？""没有，我们没有。""奇怪，在纽约的咖啡厅里能拿到花。这样的话，请派人为这些女士买些花来。价钱多少无所谓。"

女人们会害羞，声音发颤。我会不情愿地向她们讲述好莱坞社交生活的无趣。"在你们这儿则不同，生活

---

① 原文为英语，这里指的是服装的品牌。

更简单、直接、有人情味儿。这里人与人之间更容易建立坦诚的交流。这里的生活确实很朴素，但也因此更加人文主义。"她们羞怯地、拐弯抹角地跟我聊起了莫妮萨·克拉维尔。"莫妮萨？当然，我喜欢她，是个心地善良的女孩儿。可你们知道，女演员……有时我会怀念平凡、聪颖的女人，屏幕这一面的女人，而不是那一面的。"她："我们还会再见面吗？"我："可惜，今晚我就走了。我十一点二十分要飞往苏黎世。"

"再快点儿，伐瓦德柴克先生啊，再快点儿！"

到威尼斯还有很大一段距离。天渐渐亮了。弗拉迪斯拉夫在尽量加速。我有点儿晕，特别是在车子拐弯时。莫妮萨，只有她一个人，莫妮萨……再过不久我就会看见她。一旦我们摆脱了杰瑞，我们就会藏到某个小酒店里。一切的折磨都结束了，现在我们之间只剩下一件事：毫无阻碍地相会。就让仍旧阻隔着我们的每一分钟和每一公里都消失吧，到莫妮萨那儿去，到莫妮萨那儿去！

十一

从远处我就已经看见她了，她站在圣马可广场上，在圣马可教堂前，玲珑动人。四周是欢快的人群，天空蔚蓝，像我们初次邂逅时那样蓝。我走过正在互相拍照的人群，其中有穿着短裤的德国人、头上插着鲜花的美国人、礼貌微笑的日本人。四周不时传来振翅的声响，那是鸽子们正向空中飞去，人们不得不在它们中间艰难地穿行。它们触到人的脚踝、膝盖、肩膀，飞到人的头顶上。所有人都倒映在浅蓝色的镜头里，有的是普通照相机镜头，有的是远摄镜头，还有的是摄影机镜头，这些镜头恰似一只只没有睫毛的电子眼，人们大都把它们挂在胸前，看起来就像是中世纪画作中居住在世界边缘的独眼巨人。我被推了一下，接着，要么是我的一只耳朵，要么是我的一条腿，一不小心被留在了彩色或黑白胶片上。也许我会成为某张照片上停滞不前的人群中一动不动的一个人，或是成为电影胶片上一个以迅猛步伐移动的人。不知在什么时候，从大老远跑来的一家子就像冲着度假纪念品一样冲我挤过来。白天才刚刚开始，所有人都精力充沛，充满热情，都渴望在欢乐中度过这一天。我穿过越来越密集的人群，有时碰到摄影团队正在照相，不得不停下来一会儿；我时不时向人抱歉，带着做作的笑容，像附近的照相机发出的机械般的"科科"或"咔咔"声一般做作。莫妮萨有时会被戴着土耳其毯帽①的巴伐利亚人挡住,这些巴伐利亚人为他们能玩儿得如此尽兴感到称心如意;她有时被一把把沙滩伞遮住;有时被穿迷你短裤的女人们挡住,她们露出的腿就像蜈蚣的腿一样密密麻麻;有时被伸出去摇来晃去的一只只手或墨西哥式草帽的帽檐遮住——可我还是看见了她,再一次看见了她,那时一个头发花白的人正要在圣马可教堂前跪下为她照相。我朝她走过去,离她越来越近,还有二十步,还有十步。她终于看见了我,她笑了,我也冲她笑,我们彼此挥手示意,还差一小段距离,我们就能跟彼此说话了。

忽然,一个手里拿着行李箱的人走进了阻隔着我们的这块空间。我必须去注意他,因为在我看来,这是我的行李箱。是我的?不是我的?同样的尺寸,同样看起来是真皮的,可它骗不了我!我认识这些被磨损的边边角角,它们露出了变软了的硬纸板厚颜无耻的灰色。我看着这歪了的拉链,看到它怎样一节一节地打开。"小心!"我下意识地用自己的语言喊道,但已经太迟了。行李箱开了,从里面掉出了一沓内衣,接着是脱了毛的

---

① 土耳其毯帽,又名菲斯帽,是一种直身圆筒形(也有削去尖顶的圆锥形)、通常带有吊穗作为装饰的毯帽,常见于土耳其和北非等前奥斯曼帝国统治下的地区。

牙刷，《圣马可》①光盘也跟着跳了出来，然后是干圆面包和换洗用的短裤。

"同胞！"箱子的主人叫道，并张开了双臂，"我都不知道说什么好了，同胞！"

我没有想太多。我的意思仅仅是，用最快的速度弄走这些散落一地的悲哀又可耻的东西，把它们藏起来，塞回箱子里，回到什么也没发生过的状态。我以为，如果这件事没有发生，一切都将回到正轨，会再像从前一样。我弯下腰，开始用手飞快地把它们捡起。于是他也从自己那边弯下身子来，一边捡一边不停地说：

"拉链松开了，经常松开，我很高兴看见老乡。兄弟，你已经来这儿这么久了，还会一直待下去？"

我们俩都趴在地上，我看到，在他头上，莫妮萨向我露出了某种绝望的神情。我站了起来。我再也不会去捡了——即便如此，这一切她都已经看见了。已经太迟了。杰瑞从圣马可石狮后面跳了出来，抓住莫妮萨的手并把她拉到一边。莫妮萨反抗，但没有用。他们看起来就像飞奔着跑过舞厅的一对舞者。莫妮萨依旧转过来面向我，我看见了她的脸，她冲我喊着什么，我听不见。她已经不见了。所有人都不见了。

---

① 原文为意大利语。

与此同时,那家伙揽住了我的肩。他一定也看见他们了,因为他探过身来心领神会地说道:

"兄弟,你认识他们?或许能跟他们借到一点儿钱。我看到这儿的鞋,特便宜……"

我甚至没试着挣脱。我浑身筋疲力尽,像是看过一场特别长的表演后,需要从椅子上站起来,而麻痹的膝盖已经不听使唤了。

"好了。"他说着把最后一条衬裤塞进了箱子,"真诚地感谢兄弟的帮助。走,值得去吃点儿东西。兄弟,你推荐去哪儿?"

帮助!他觉得我是想帮助他!帮助不是这么简单明了的。我让他带路。我们推搡着沿我来时的路穿过人群。他一直在说话。直至我们走到旁边的一条街上时,我才第一次扇了他一个耳光。

他马上回击了我。我正想踢他,但来了两个佩戴着军刀的警察,我和他都不想冒险。于是我们肩并肩走了一会儿,大声交谈着。我们的话题只有一个:回国。警察怀疑地打量着我们,肯定又是因为这个行李箱。最后他们消失在了角落里,就在那时我成功地先狠狠踢了他的脚踝。他抬起一条腿直跳,嘴里咒骂着。可我并没有得到什么好处,因为现在必须由我来提行李箱。他停下来,靠在我的肩上,让我不得不提防着他,因为他使劲儿掐了我十几次。

　　我还能说什么？我们一起住进了火车站附近一间肮脏的宾馆里，在没有窗户的房间里，为了房钱讨价还价了很久。把身后的门关上之后，我们面对面站着，四目相对，然后就放松地打了很久，不再顾虑流言和警察。我们一声不吭，只用鼻子喘着粗气，时不时发出倔强低沉的叫声："放开，放开！"或者"我要打你！""什么！你要打我？你要打我？"房间在走廊的尽头，在楼梯下面，变了形的简陋设备被堆放在这里，它们已经没有更大的价值。没有人会来看我们，而且很有可能没人能听见整个下午从这里传出的拳打脚踢的骚动。不知不觉，时间从我们身边过去了，只有吊在天花板上赤裸裸的灯泡照着我们，它像一个探测器，从在我们上面旋转的另一个世界伸下来，一动不动，灯光模糊不清而且冷漠无情。外面或许已是深夜了，此时我们都没了力气，各自蜷缩在两个相对的角落里，看着彼此喘着粗气，手上整理着衣服。他梳了梳头发，我也想梳，可他不愿意把梳子借给我。然后我们吃了点儿他干粮里的卡巴诺斯。晚饭过后我们还接着打，但已经不行了，只能无力地把对方推来拉去。于是我们在同一张床上睡着了。夜里他从我身上把毛毯扯走了。

　　我们的同居生活慢慢变得正常。我们还在打，但迫于一种不被承认的默契,我们会休息几个小时来喘口气、吃点儿东西、洗洗东西,甚至到城里去走走。每次出门前,我都试着往他每天用作覆足之物的运动鞋里撒点儿沙砾。

我们也有聊天的时候。他坐在床上的一堆内裤间抽着来自国内的烟,一只眼被打肿了,房间里满是酸溜溜的烟雾,这烟雾渗进布中,穿过头发,进入肺里,化为一股恶臭久久不肯散去。我在水池里洗着东西,试着用牙刷让堵塞的水槽哪怕偶尔通一通。那时,我们聊着烹饪鲱鱼的不同方法;聊着我们那儿与这里是如何不同;聊着冬天,它虽然还不是马上来临,但也快了。接着他灭了烟,并把手里残余的东西向我扔来,而我洗好了东西,接着我们再打上一两个小时。

有一次我甚至成功地完全占了上风。我耍了个诡计。我们的房间也被用作废品储物间,里面有个放内衣的大篮子,常年用锁锁着。有一回,在找吃的东西时,他打开了这个篮子,虽然在那里找到东西的机会很小。我抓住了这个机会。我朝他的头跳过去,把他往篮子中间塞,然后把他整个推了进去。我用盖子盖住篮子,坐在了他上面。从篮子编条的缝隙间传来了模糊的咒骂声,可他没法儿出来。

我的脑子里闪过了许许多多的想法。现在我可以趁天黑把他扔到轨道上去。这样做最简单。不能考虑把他当作行李送到什么地方去，这个做法的花销过大。我也可以在不冒险被调查和被判谋杀罪的同时，直接这样把他留下并偷偷搬出去。逃跑并摆脱他，这正合我意。再次恢复自由，随便去哪里，或许我又能找到莫妮萨，或许一切都可以从头开始——谁知道呢？

我坐在他上面，沉浸在自己的梦想当中，而时间在流逝。渐渐地，他也静下来了，辱骂让他的声音变得嘶哑，粗口令他感到疲倦，于是四周变得清静。我想象的画面越来越大胆，计划越来越长远。终于，我累了。即便是最美的梦，在一定的时间过后也失去了新鲜感，失去了瞬间令人着迷的能力。须花些力气才能提醒自己："快了，快了，我梦见什么来着，让我感觉这么好？……啊哈，我知道了。那就让我们想象……"可这样一种劳动就开始了，而且它仅仅是普通的脑力劳动，并不会带来所期待的喜悦。所以过了一段时间后，我感到无聊了，而坐在这个篮子上也不是特别舒服。显然，我享受机会享受得太久了，以至于在想象赐予我的各种机会时用尽了力气。这样的静默开始令我难受。

"你在吗？"我悄声问道。

他没有回答，这使我感到不自在。

"你在那儿吗？"我更大声地问道。

沉默。

"为啥你什么也不说?"我气愤地吼道。

"我在,为啥要说?"他不乐意地回答道。

"没什么。我以为你不在那儿。"我说出了我的猜想,而且把他放了出来。

后来,只有那么一次,我感觉一切会从头开始。那是在我初次邂逅莫妮萨的那条大道上。当时我甚至感到不安,不知该拿我的同伴怎么办,该怎么向优雅的三位介绍他,过一会儿他们就要骑着马过来了。所以,当我仔细倾听了一阵,确定没有传来任何"哒、哒"声时,我松了一口气。没有海鸥的叫声,没有轮船的汽笛声,没有教堂的钟鸣,没有海的低吟。根本什么声音也没有。

"蓝色东欧"译丛（部分书目）

第一辑

- **《石头城纪事》**（小说）
  【阿尔巴尼亚】伊斯梅尔·卡达莱 著　李玉民 译

- **《错宴》**（小说）
  【阿尔巴尼亚】伊斯梅尔·卡达莱 著　余中先 译

- **《谁带回了杜伦迪娜》**（小说）
  【阿尔巴尼亚】伊斯梅尔·卡达莱 著　邹琰 译

- **《石头世界》**（小说）
  【波兰】塔杜施·博罗夫斯基 著　杨德友 译

- **《权力之图的绘制者》**（小说）
  【罗马尼亚】加布里埃尔·基富 著　林亭、周关超 译

- **《罗马尼亚当代抒情诗选》**（诗歌）
  【罗马尼亚】卢齐安·布拉加等 著　高兴 译

第 二 辑

- 《我的疯狂世纪（第一部）》（传记）
  【捷克】伊凡·克里玛 著　刘宏 译

- 《我的疯狂世纪（第二部）》（传记）
  【捷克】伊凡·克里玛 著　袁观 译

- 《我的金饭碗》（小说）
  【捷克】伊凡·克里玛 著　刘星灿 译

- 《一日情人》（小说）
  【捷克】伊凡·克里玛 著　高兴、杜常婧 译

- 《终极亲密》（小说）
  【捷克】伊凡·克里玛 著　徐伟珠 译

- 《等待黑暗，等待光明》（小说）
  【捷克】伊凡·克里玛 著　杜常婧 译

- 《没有圣人，没有天使》（小说）
  【捷克】伊凡·克里玛 著　朱力安 译

- 《花园里的野蛮人》（散文）
  【波兰】兹比格涅夫·赫贝特 著　张振辉 译

- 《带马嚼子的静物画》（散文）
  【波兰】兹比格涅夫·赫贝特 著　易丽君 译

- 《海上迷宫》（散文）
  【波兰】兹比格涅夫·赫贝特 著　赵刚 译

- 《父辈书》（小说）
  【匈牙利】瓦莫什·米克罗什 著　许健 译

第 三 辑

- 《乌尔罗地》（散文）
  【波兰】切斯瓦夫·米沃什 著　韩新忠、闫文驰 译

- 《路边狗》（散文）
  【波兰】切斯瓦夫·米沃什 著　赵玮婷 译

- 《第二空间——米沃什诗选》（诗歌）
  【波兰】切斯瓦夫·米沃什 著　周伟驰 译

- 《无止境——扎加耶夫斯基诗选》（诗歌）
  【波兰】亚当·扎加耶夫斯基 著　李以亮 译

- 《捍卫热情》（散文）
  【波兰】亚当·扎加耶夫斯基 著　李以亮 译

- 《索拉里斯星》（小说）
  【波兰】斯塔尼斯瓦夫·莱姆 著　赵刚 译

- 《遗忘的梦境——查特·盖佐短篇小说精选》（小说）
  【匈牙利】查特·盖佐 著　舒荪乐 译

- 《流星——卡雷尔·恰佩克哲理小说三部曲》（小说）
  【捷克】卡雷尔·恰佩克 著　舒荪乐、蒋文惠、程淑娟 译

- 《神殿的基石——布拉加箴言录》（箴言）
  【罗马尼亚】卢齐安·布拉加 著　陆象淦 译

- 《十亿个流浪汉，或者虚无——托马斯·萨拉蒙诗选》（诗歌）
  【斯洛文尼亚】托马斯·萨拉蒙 著　高兴 译

第 四 辑

- 《耻辱龛》（小说）
  【阿尔巴尼亚】伊斯梅尔·卡达莱 著　吴天楚 译

- 《三孔桥》（小说）
  【阿尔巴尼亚】伊斯梅尔·卡达莱 著　施雪莹 译

- 《接班人》（小说）
  【阿尔巴尼亚】伊斯梅尔·卡达莱 著　李玉民 译

- 《绝对恐惧：致杜卞卡》（小说）
  【捷克】博胡米尔·赫拉巴尔 著　李晖 译

- 《严密监视的列车》（小说）
  【捷克】博胡米尔·赫拉巴尔 著　徐伟珠 译

- 《雪绒花的庆典》（小说）
  【捷克】博胡米尔·赫拉巴尔 著　徐伟珠 译

- 《温柔的野蛮人》（小说）
  【捷克】博胡米尔·赫拉巴尔 著　彭小航 译

- 《无常的夏天》（小说）
  【捷克】弗拉迪斯拉夫·万楚拉 著　张陟 译

- 《赫贝特诗集（上、下）》（诗歌）
  【波兰】兹比格涅夫·赫贝特 著　赵刚 译

- 《垃圾日》（小说）
  【匈牙利】马利亚什·贝拉 著　余泽民 译

第五辑

- **《壁画》**（小说）
  【匈牙利】萨博·玛格达 著　舒荪乐 译

- **《鹿》**（小说）
  【匈牙利】萨博·玛格达 著　余泽民 译

- **《两座城市：论流亡、历史和想象力》**（散文）
  【波兰】亚当·扎加耶夫斯基 著　李以亮 译

- **《另一种美》**（散文）
  【波兰】亚当·扎加耶夫斯基 著　李以亮 译

- **《思想的黄昏》**（随笔）
  【罗马尼亚】埃米尔·齐奥朗 著　陆象淦 译

- **《着魔的指南》**（随笔）
  【罗马尼亚】埃米尔·齐奥朗 著　陆象淦 译

- **《乌村幻影》**（小说）
  【罗马尼亚】欧金·乌力卡罗 著　陆象淦 译

- **《裸浴场上的交响音乐会——罗马尼亚20世纪小说精选》**（小说）
  【罗马尼亚】诺曼·马内阿等 著　高兴等 译

- **《我行走在你身体的荒漠——立陶宛新生代诗选》**（诗歌）
  【立陶宛】阿纳斯·艾利索思卡斯等 著　叶丽贤 译

- **《魔鬼作坊》**（小说）
  【捷克】雅辛·托波尔 著　李晖 译

第六辑

- **《简短，但完整的故事》**（小说）
  【波兰】斯瓦沃米尔·姆罗热克 著　茅银辉、方晨 译

- **《三个较长的故事》**（小说）
  【波兰】斯瓦沃米尔·姆罗热克 著　茅银辉、林歆、张慧玲 译

- **《挑衅以及其他故事》**（小说）
  【阿尔巴尼亚】伊斯梅尔·卡达莱 著　李焰明 译

- **《娃娃》**（小说）
  【阿尔巴尼亚】伊斯梅尔·卡达莱 著　张雯琴、宋学智 译

- **《天堂超市》**（小说）
  【匈牙利】马利亚什·贝拉 著　余泽民 译

- **《秘密生活》**（小说）
  【匈牙利】马利亚什·贝拉 著　余泽民 译

- **《蓝色阁楼寻梦》**（小说）
  【罗马尼亚】阿德里亚娜·毕特尔 著　陆象淦 译

- **《两天的世界》**（小说）
  【罗马尼亚】乔治·伯勒伊泽 著　董希骁、Mara Arion 译

- **《生活边缘的女孩》**（小说）
  【罗马尼亚】米尔恰·格尔特雷斯库 著
  张志鹏、林慧芬、陈进、李昕、高兴 译

- **《希特勒金钱》**（小说）
  【捷克】拉德卡·德内玛尔科娃 著　姜蔚茜 译

• 部分书名为暂定，以出版时为准 •